수학이야기로 수다수다 數多 數多 Ⅱ

초판 1쇄 인쇄_ 2014년 6월 5일 | **초판 1쇄 발행**_ 2014년 6월 10일
지은이_동풀수(김예희, 이승민, 남종민, 신호준, 이현일, 장제헌)
그린이_김예희, 이승민, 이오윤, 임유진, 류수빈, 박소언, 정혜원
엮은이_윤원진
펴낸이_진성옥 · 오광수 | **펴낸곳**_꿈과희망
디자인 · 편집_김창숙, 박희진 | **마케팅**_김진용
주소_서울특별시 마포구 토정로 222 B동 108호
전화_02)2681-2832 | **팩스**_02)943-0935 | **출판등록**_제1-3077호
http://www.dreamnhope.com| e-mail_ jinsungok@empal.com
ISBN_978-89-94648-60-6 43810
※ 책 값은 뒤표지에 있습니다.
ⓒPrinted in Korea. | ※ 잘못된 책은 바꾸어 드립니다.

대구광역시 교육청 책쓰기 프로젝트
책쓰기와 사랑에 빠지다

가장 싫어하는 과목의 하나인 수학의 대변신!

수학 이야기로

수다多 수다II
數多 數多

동풀수(김예희, 이승민, 남종민, 신호준, 이현일, 장제헌) 지음 | 윤원진 엮음

꿈과희망

인 사 말

길 것만 같았던 한 해가 눈 깜짝할 사이에 지나가 버렸습니다. 한 장밖에 남지 않은 달력을 보는 것이 좀처럼 익숙해지지가 않지만 그래도 아쉽지만 않은 것이 저희 동풀수 동아리에서 두 번째 값진 결과물이 나왔기 때문이라 생각합니다.

동아리 활동을 하기 위해 처음 동아리 활동계획을 작성하던 날이 기억납니다. 수학은 언제나 딱딱하고 재미없는 과목이라고 생각을 하는 아이들에게 수학이 우리 바로 옆에서 숨 쉬고 있음을 느끼게 해 주고 아이들의 상상력과 수학의 원리를 자연스럽게 연결해 보는 경험을 제공해 주고 싶었습니다. 멋모르고 수학체험반이라 알고 온 아이들에게 동화로 풀어보는 수학 이야기반임을 언급했을 때 생소한 표정으로 저만 바라보던 아이들의 모습이 지금도 생생히 기억에 납니다. 잠깐 관심을 보이다 어느 순간 졸고 있는 아이들을 보며 과연 책 한 권이 나올 수는 있을까? 지도교사인 저 역시 경험도 아무런 노하우도 없어 지금이라도 그만둬야 하지는 않을까? 수많은 갈등을 했습니다.

그러나 기존에 출판된 수학 동화책을 읽게 하여 거리를 좁히고 영화 관람을 통해 상상력의 세계를 보여주고, 수학의 기본원리들에 대해 설명하여 그 상상력과 수학의 원리를 자연스럽게 연관시키며 수업을 진행하는 과정에서 조금씩 아이들이 수학 동화에 대해 익숙해지고 수학책을 찾고, 수학 이야기를 만들어 가는 모습이 보였습니다. 동풀수의 「수학 이야기로 수다수다 2」는 그렇게 세상에 나왔습니다. 이 책은 우리 아이들의 수학 이야기입니다. 그들의 이야기가 또 다른 세상을 위해 한 걸음 나아갈 수 있는 거름이고 참고할 수 있는 지표가 되기를 바라며 이 책이 나오기까지 신경써주신 모든 분들에게 감사를 표합니다. 마지막으로 동아리 창체시간의 축소로 아이들이 글을 쓸 시간이 매우 부족하였음에도 불구하고 방과후 매번 남아서 열심히 임해 준 우리 아이들에게 감사합니다.

동화로 풀어보는 수학책쓰기동아리
지도교사 **윤원진**

동풀수 활동사진

생활 속
확률 이야기

글 김예희, 이승민

그림 김예희, 이승민

화창한 아침 날, 수만이 약속 장소인 집 앞 버스 정류장 앞에서 있다. 계속 스마트폰을 보며 시간을 확인한다. 약속 시간이 임박한 듯, 초조한 표정을 짓고, 입술을 살짝 깨물고 있다. 그때, 멀리서 누군가가 수만이를 부른다. "수만아~"라는 소리가 들리기 무섭게 수만이는 소리를 버럭 질러 버린다.

"배은희! 왜 이제 와!"

"미안, 알람을 잘못 설정해 놔서."

수만이 약간 삐친 듯 입을 쭉 내민다. 은희는 배시시 웃으며 수만에게 말을 건다.

"그런데, 광덕이는?"

"아, 걔는 우리가 가는 도중에 만날 거야."

"우리가 '사랑 야구 경기장' 가는 거지?"

수만이 은희의 어이없는 질문을 듣고 소리를 지르려고 하다가 이를 꽉 문다. 은희는 그런 수만을 보고 "미안."이라고 사과를 대충한다.

은희와 수만, 광덕은 오늘 야구 서클 팀과 스퀘어 팀의 경기를 보러 간다. 얘네들이 응원하는 팀은 스퀘어 팀이다. 우연히 이번 경기 티켓 3장을 수만이가 가지게 되어서 서로 절친인 세 명이 보러 가는 것이다.

"차라리 광덕이 보고 혼자 경기장에 오라고 해."

"걔가 엄청난 길치여서 말이야, 전교에서는 유명한 길치지."

"그러면 우리는 반드시 광덕이 집 앞 정류장에 내려야 하는 거야?"

"그렇지, 그런데 버스 뭐 타고 가지?"

수만의 말에 둘은 순식간에 조용해진다. "정한 거 아니었어?"라고 은희가 말하자, 수만은 머리를 긁적인다. 은희가 '에헴' 거리며 목을 가다듬더니 피식 웃는다.

"내가 누구야. 버스 노선도를 다 꿰뚫고 있는 배은희 아니니?"

"뭐?"

"여기가 '햇빛 아파트' 정류장이지? 그러면 여기서 야구장까지 가는 버스는 1003번, 519번이야. 그런데 안타깝게도 이 버스 두 대 모두 광덕이의 집인 '구름 아파트'를 지나지 않아."

"그럼 뭘 타고 가야 되는 거야?"

"할 수 없지. '구름 아파트'까지 가서 환승 해야지."

"그러면 여기서 '구름 아파트'까지 가는 버스는 뭐가 있지?"

"43번과 234번이 있어."

"그리고 광덕이네 집에서 야구장까지 가는 버스는 뭐가 있

어?"

"867번, 995번, 465번이 있어."

대충 정리하면 이렇게 되는 건가?

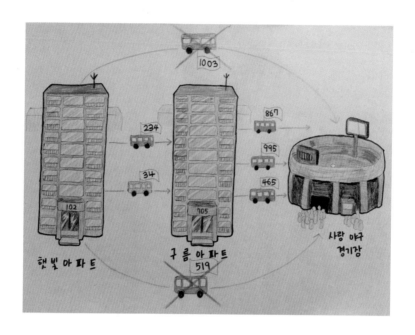

"배은희, 우리가 수학시간에 경우의 수에 대해 배웠잖아."

"으응."

"그걸 이용하면 갈 수 있는 경우의 수가 몇 가지인지 구할 수가 있어. 햇빛 아파트에서 구름 아파트까지 버스 타고 가는 방법은 2가지이지. 또, 구름 아파트에서 사랑 야구 경기장까지는 3가지이고. 둘은 동시에 일어나는 거지?"

수만이 길게 설명하자, 은희의 표정이 좋지 않다. 은희가 "뭐어?"라고 짧게 묻자, 수만이 다시 설명한다.

"그러니까… 햇빛 아파트에서 구름 아파트까지 가는 사건 하나와 구름 아파트에서 사랑 야구 경기장까지 가는 또 다른 사건 하나, 즉 두 사건은 따로 일어나는 게 아니라 동시에 일어나는 거잖아."

"어."

"그래서 곱해. (첫 번째 사건이 일어나는 경우의 수)×(두 번째 사건이 일어나는 경우의 수)=2×3=6. 즉, 햇빛 아파트에서 사랑 야구 경기장까지 가는 모든 경우의 수는 6가지야."

수만의 설명이 끝나자, 은희가 짝짝 박수를 치며 웃는다. 수만이 발그레 얼굴을 붉히며 헤헤 웃는데, 은희가 웃는 표정으로 차갑게 "그래서?"라고 말한다. 은희의 말에 수만이 살짝 놀란다.

"그냥 아무거나 타면 되지, 그걸 꼭 계산해야 되냐? 그리고 광덕이네 집 때문에 시간이 더 오래 걸리고, 짜증나."

"어쩔 수 없잖아, 집을 옮길 수도 없고."

그때, 버스 43번이 정류장으로 온다. 수만이 '칫' 거리며 교통 카드를 들고 버스에 탄다. 수만이 은희의 뒤를 따라 버스에 탄다. 수만이 짜증을 내며 은희에게 말한다.

"야. 버스를 기다리면서 무작정 기다리기보다는 나처럼 갈 수 있는 경우의 수도 구해 보고 전략적으로 기다리면 얼마나 좋냐?"

수만의 말에 이어 은희가 한마디 던진다.

"그럼 동시에 일어나지 않는 사건이란 뭐야? 어떻게 풀어? 수학은 영~ 내 취향이 아니란 말야~"

수만이 어깨를 으쓱하며 말한다.

"동시사건이 아니란 말은 하나를 선택하면 하나는 일어나지 않는 경우란 말이지~ 예를 든다면… 음… 아… 그래!"

수만이 고민 끝에 말을 했다.

"너 놀러 나갈 때 옷 때문에 고민 많이 하지?"

"당연한 것 아니야? 여자에게서 옷 선정이란 숙명의 문제야."

"그럼, 이렇게 가정해 보자. 현재 너는 놀러 가려고 하는데 원피스 3벌과 캐주얼 종류의 옷이 2세트가 있어. 여기서 옷을 입는 방법의 수를 구하려고 하는데 원피스 2벌을 동시에 입을 수는 없지? 3벌도 마찬가지이고. 그러니까 원피스를 입는 경우는 1가지 +1가지+1가지=3가지야. 이해돼?"

"으응…."

"캐주얼 옷을 입는 경우도 마찬가지겠지? 그래서 2가지야. 따라서 원피스나 캐주얼 옷을 입는 경우는 3가지+2가지=5가지야. 이해되지?"

수만과 은희가 서로 대화를 나눌 때, 수만의 스마트폰이 울린다.

광덕이다. 혼자서 기다리다 보니 심심한가 보다.

"수만아. 지금 오냐?"

"으응. 지금 버스 43번이야. 너 지금 정류장이지?"

"응. 그럼 정류장에서 봐."

둘이 전화를 끊고, 수만은 다시 은희와 얘기를 계속한다

– 이번 정류장은 '구름 아파트' 정류장입니다. 다음 정류장은…

대화를 나누는 사이, '구름 아파트' 정류장으로 오게 된 버스가 끼익– 소리를 내며 정류장 앞에 선다. 수만이 자리에서 벌떡 일어나 환승을 찍고 후다닥 내린다. 수만이 내린 뒤, 누군가가 뒤쪽으로 "수만아."라고 말한다. 수만이 소리 나는 쪽으로 고개를 돌리니, 광덕이 떡 하니 서 있다. 수만이 배시시 웃으며 "안녕." 이라고 웃는다. 그때, 누군가가 둘에게 "참나."라고 차갑게 말한다. 은희다.

"차수만. 너는 왜 이런 가냘픈 여자를 두고 내려?"

"어딜 봐서 가냘프다는….."

"뭐?"

"아냐."

은희가 짜증을 내며 광덕이 옆에 철썩 붙는다. 광덕이 깜짝 놀

라며 그게 좋다며 발그레 얼굴을 붉힌다. 수만이 어이가 없어서 "쳇" 하며 다음 버스가 오길 기다린다. 갑자기, 은희가 광덕에게 말을 건다.

"광덕아, 근데 여기로 오는 버스는 총 6가지거든? 야구장까지 가는 버스는 3가지이고. 그러면 저기 신호 대기 중인 버스 한 대 보이지? 저 버스는 이 정거장으로 오고 있거든. 그러면 저 버스가 야구장으로 가는 버스일 확률은 얼마야?"

"확…률? 우리 배웠잖아."

"그랬나? 난 기억이 왜 안 나지?"

"그래서 수학 공부 좀 하라고 했잖아."

광덕이 타이르듯이 말하자, 은희는 입을 삐죽거리며 스마트폰을 얼른 꺼내 포털사이트에다가 '확률'이라고 검색을 한다. 확률의 정의가 가득 나오자, 은희가 하나씩 접속해 꼼꼼히 읽어본다.

"아~ 확률이란 것은 '모든 경우의 수에 대한 어떤 사건이 일어날 경우의 수의 비율'이구나."

"이제 알았냐?"

"근데 말로 하니까 어렵다…. 좀 쉽게 설명해 주면 안 돼?"

광덕이 그 말을 듣고 잠시 고민을 하다가 스마트폰으로 뭔가를 그리기 시작한다. 은희가 광덕이가 그리는 것을 슬쩍 본다.

간단해 보이면서 어려운 듯한 분수식을 그리고 있다…. 삭삭

그러더니 광덕이 은희에게 말한다.

"확률은 어떤 사건이 일어날 경우의 수라고 했지? 만약 주사위를 던져서 1의 눈이 나올 확률을 구하라고 하면 $\frac{1}{6}$이야. 즉, 6번 던졌을 때, 1번 나올 수 있다는 거지. 확률을 구하는 방법을 식으로 나타낸 게 이거야."

광덕은 스마트 폰의 식을 보여 주며 말한다.

$$\frac{\text{어떤 사건이 일어날 경우의 수}}{\text{모든 경우의 수}}$$

"분모에는 '모든 경우의 수'를, 분자에는 '어떤 사건이 일어날 경우의 수'를 넣어서 비율을 계산하면 돼."

"그렇구나. 그러면 여기 정류장으로 오는 모든 버스의 경우의 수가 6가지니까, 분모에는 6을 넣고, 야구장까지 가는 버스의 경우의 수는 3가지니까, 분자에는 3을 넣으면 되지?

광덕이 흐뭇하게 웃으며 고개를 끄덕인다. 옆에 있던 수만은 가만히 듣고만 있다.

"음… 그러면 확률은 $\frac{3}{6}$이네?"

"약분을 해야지, 바보야. 확률은 $\frac{1}{2}$이야."

수만이 갑자기 끼어들어 얘기를 한다. 은희가 당황스럽다는 듯

이 표정을 짓지만, 맞는 말이라 뭐라 하지도 못 하고 가만히 있는다.

465번 버스가 '구름 아파트' 정류장 근처에 오자, 수만이 "왔다."라고 애들한테 말한다. 광덕이랑 은희는 "응…."이라고 말하며, 버스를 탈 준비를 한다.

버스 465가 정류장으로 오자, 셋은 깜짝 놀라 입을 다물지 못한다. 버스에는 수많은 사람들이 타서 만원버스인 것이다. 광덕이 "야구 경기 때문이겠지?"라고 하자, 은희랑 수만이 고개를 끄덕인다. 그리고는 몸을 끼어 넣어 버스에 겨우 탄다.

버스는 달리고 달려 사랑 야구 경기장으로 도착한다.

최고의 팀인, 서클 팀과 스퀘어 팀의 경기라 그런지 사랑 야구 경기장 입구에 엄청난 사람들이 바글바글 모여 있다. 수만, 광덕, 은희는 그 수많은 인파 속을 파고 들어가, 미리 준비한 티켓을 끊고 본격적으로 야구장 안으로 들어간다.

광덕이 "좌석은 N16, N17, N18이야."라고 하자, 수만과 은희가 두리번거리며 N열을 찾는다. 10분 동안 좌석을 겨우 찾은 셋은 휴- 라고 한숨을 쉰다. 그리고 광덕이 막 앉으려고 하는데, 은희가 광덕을 때린다.

퍽-

"아야! 왜?"

"좌석을 정하고 앉아야지!

뜬금없는 은희의 말에 광덕은 투덜거리고 수만은 피식 비웃는다. 은희가 잠시 고민을 하더니, N17에 앉는다.

"나 혼자 여자니까 나는 가운데에 앉을게."

"뭐? 왜 네 마음대로?"

광덕과 수만이 동시에 말하자 은희가 씩 웃으며 "한 번만."이라고 작게 말한다. 수만은 약간 어이가 없다는 듯이 헛웃음을 짓고 광덕은 아무 말 없이 멀뚱히 서 있다.

그때, 경기 시작을 알리는 경쾌한 노래가 흘러나온다. 노래가 흘러나오자, 은희가 "빨리 앉아, 시작한다."라고 밝게 말한다. 광

덕은 멀뚱히 서 있다 자리에 앉고, 수만도 그냥 앉는다. 잠시 후, 은희가 광덕에게 물어본다.

"광덕아, 궁금한 게 있는데, 우리가 응원하는 팀이 서클 팀이지?"

"응, 작년에 우승을 한 대단한 실력을 가진 팀이지."

"그때, 스퀘어 팀이 홈런을 쳤어야 했는데…."

은희와 광덕이 기분 좋게 얘기하고 있었는데, 수만이 툭 끼어든다. 수만의 말을 들은 광덕이 수만에게 소리친다.

"뭐야? 너 스퀘어 팀 편이야?"

"그러면 안 되냐? 작년에는 아깝게 우리 스퀘어 팀이 진 거야."

수만의 말을 들은 광덕이 어이없는 표정을 짓는다. 수만이 그 표정을 보곤 피식 웃는다.

몇 분이 지나고, 야구장 안에 모든 선수들이 등장하기 시작한다. 수많은 사람들이 환호하고 자신이 응원하는 팀을 열심히 부른다. 엄청난 열기에 은희가 감탄하며 사람들 따라 서클 팀을 고래고래 응원한다. 광덕이 그런 은희를 보고 자신도 서클 팀을 열심히 부른다. 수만은 둘을 물끄러미 보더니 안 들리게 욕을 하곤 등장하는 야구 선수들 쪽으로 고개를 돌린다.

야구장 해설위원이 각 팀의 선발투수와 타자들 이름을 소개한다. 먼저, 서클 팀의 투수를 소개한다. 서클 팀을 응원하는 관중들은 투수 한 명씩 소개할 때마다 큰 소리로 투수의 이름 하나하나를 부른다. 그 다음, 해설위원이 서클 팀의 타자를 소개한다. 타자 한 명씩 소개할 때마다 관중들은 아까처럼 소리를 친다.

그때, 광덕이 은희에게 "이제 서클 팀의 가장 유능한 타자가 나와."라고 말한다. 광덕이 얘기하자, 그 타자가 소개되기도 전에 관중들은 다른 타자와 다르게 고래고래 소리를 꽥 지르며 그 타자를 부른다. 관중들 소리 때문에 은희가 깜짝 놀라고, 가만히 있던 수만도 깜짝 놀라 눈을 크게 뜬다. 관중들의 응원소리를 들은 해설위원이 하하 웃으며 그 선수를 소개한다.

"하하하, 엄청난 응원을 들어 보십시오! 여러분, 작년 타율 3할 6푼 4리를 자랑하는 '김안타' 선수입니다!"

해설위원이 이렇게 말하자, 관중들은 더더욱 크게 소리를 친다.

해설위원의 말을 들은 수만이 "스퀘어 팀에는 3할 7푼 2리인 선수 있는데."라고 작게 혼잣말 하지만 수만은 이내 스마트폰을 열심히 사용한다. 해설위원의 말을 들은 은희가 광덕에게 물어본다.

"광덕아, 타율이 3할 6푼 4리라고 하는데, 타율이 정확히 뭐야?"

"아, 타율? 타율이란 것은… 음….."

"타격 성적을 나타낸 거야."

광덕이 말하려는 찰나, 수만이 또 끼어든다. 광덕이 얼굴을 찡그리며 수만을 노려본다. 수만은 못 본 척하며 계속 은희에게 설명한다.

"확률 같은 거야. 타율은 안타 수÷타수. 즉, 분수로 나타내면 타수가 분모, 안타 수는 분자. $\frac{안타수}{타수}$ 이지."

"아~ 그렇구나. 그러면 저 타자는 안타 수랑 타수가 몇이야?"

수만이 "그건…"이라며 스마트폰을 꺼내 김안타 선수의 타수와 안타 수를 찾는다. 수만이 열심히 찾고 있는데 그때, 광덕이 수만을 한심한 눈빛으로 보며 "그런 거는 안 찾아도 돼."라고 당당하게 말한다. 수만이 그 말을 듣고 광덕을 어이없다는 표정을 짓는다.

"내가 다 외우고 있지. 김안타 선수의 안타 수는 작년 타수 중에 쓸데없는 거 제외하면 478타수를 기록했어. 안타 수는… 잠깐, 뭐였지?"

"야~ 광덕. 알려면 좀 똑바로 알지. 이게 뭐냐? 기대했는데."

갑자기 안타 수를 까먹은 광덕이 스마트폰을 꺼내 막 찾는다. 그때, 수만이 씩 웃으며 은희에게 말한다.

"174개야. 검색창에 치니까 바로 나오던데?"

말하려는데 계속 끼어드는 얄미운 수만 때문에 광덕이 씩씩 댄다. 그런 광덕을 보고도 수만은 태연스러운 표정을 짓는다. 은희가 머릿속으로 생각을 좀 하더니 기쁜 표정으로 소리를 친다.

"아! 그러면 타율은 $\frac{87}{239}$이네! 이번엔 약분 잘했지?"

"그런데 타율은 분수로 나타내지 않고 소수로 하거든."

"에이. 그러면 처음부터 소수로 계산하라고 하지…."

은희가 다시 머릿속으로 생각을 좀 하더니 고개를 도리도리 흔들고는 스마트폰을 꺼내 계산기 어플을 켠다. 수만이 슬쩍 입꼬리를 올리며 광덕을 본다. 광덕이 수만을 보고는 화가 나 얼굴이 붉게 변한다. 그때, 은희가 "아!" 거리며 계산한 내용을 수만에게 보여준다.

"0.364016736… 이렇게 나오네. 근데 끝이 없어."

"그렇지? 그래서 타율은 소수점 넷…."

"넷째 자리에서 반올림을 해!"

수만이 말하는데 이번에는 광덕이 수만의 말을 가로채고는 큰 목소리로 빠르게 답한다. 광덕의 뜬금없는 목소리에 은희와 수만은 깜짝 놀라고 특히 수만이 더 깜짝 놀란다. 이번에는 광덕이 수만을 향해 입꼬리를 올린다. 은희가 못 들은 듯 "뭐?"라고 말한다. 광덕이 차근차근 "소수점 넷째 자리에서 반올림을 하는 거야."라고 말한다.

은희가 머릿속으로 빠르게 계산을 한 뒤, "타율 0.364이구나."
라고 한다.

"응. 타율이 0.364야. 하지만, 타율은 일반적으로 '할 푼 리'
를 사용해."

"그래? 그러면 3할 6푼 4리이구나! 그래서 해설위원이 그렇게
말하는 거였구나!"

광덕이 고개를 끄덕인다. 은희가 활짝 웃으며 "모두 나에게 가
르쳐줘서 고마워!"라고 말한다. 광덕과 수만이 은희의 말을 듣고
서로 바라보다가 "쳇" 거리며 야구장 쪽으로 고개를 돌린다.

* * * * *

셋은 별 다툼 없이 4회초까지 보다가 4회초가 끝나자 수만이
갑자기 배고프다고 소리친다. 광덕과 은희가 수만을 한심한 듯
쳐다보지만 자신들도 배가 고픈 듯 실실거리며 웃는다. 셋은 자
신이 들고 있는 돈을 모두 꺼내더니 계산을 막 한다. 가지고 있는
돈은 2만 원. 셋은 이구동성으로 "치킨!"이라고 외친다. 그리고
는 은희가 자신이 사오겠다고 소리를 친다. 수만과 광덕은 "그러
면 고맙지! 후라이드 치킨으로!"라며 빨리 가라고 손짓한다. 은
희가 알았다고 고개를 힘차게 끄덕이며 멀리 떠난다. 은희가 떠

난 뒤, 몇 분이 지나 생각해 보니 수만과 광덕 둘만이 남겨져 이러지도 못하고 저러지도 못하는 애매한 분위기만이 흐르고 있다. 수만과 광덕은 아까 신경전을 벌여놔서 서로 말을 꺼내지도 않는다. 경기라도 하고 있으면 보기라도 하는데 아직 4회말을 시작하지 않아서 아무 것도 하지 못하고 가만히 있기만 한다.

그때, 수만이 그 분위기를 깨고 광덕에게 넌지시 말을 건다.

"그… 너 혹시 은희랑 뭔 일 있냐?"

"어? 왜?"

"아니… 정말 사이가 좋아보여서."

뜬금없는 주제의 말에 광덕이 "어? 어?"거리며 얼굴을 살짝 붉힌다. 수만이 광덕의 얼굴을 보고는 깜짝 놀란 표정을 지으며 소리친다.

"너… 설마?"

"뭐! 뭐가! 네가 생각하는 그런 것 아냐…"

"내가 뭘 생각했는지 모르면서."

"뭐, 안 봐도 뻔하지! 내가 은희랑 오랜 절친이라던가, 아니면…"

"아니면?"

"아니면, 내가 은희를 좋아한다던가…"

광덕의 말을 들은 수만이 갑자기 하하하 거리며 크게 웃기 시

작한다. 광덕이 수만의 갑작스러운 행동에 어리벙벙한 표정으로 가만히 있는다.

"너, 그러면 은희 좋아해서 나한테 그렇게 화낸 거야? 내가 은희 좋아하는 줄 알고?"

"…뭐? 아니었어?"

"그래. 난 그냥 은희랑 5년 지기 절친이야. 인마. 그리고 난 좋아하는 애 따로 있어."

수만이 말하자, 광덕이 어이없다는 표정을 짓고 허허 라며 허탈한 웃음소리를 낸다.

그때, 은희가 저만치에서 치킨을 들고 온다. 수만과 광덕이 아까 아무 일 없었다는 듯이 치킨을 보고 군침을 흘린다. 둘이 있는 곳으로 와, 좌석에 앉으며 은희가 "기다리고 기다리던 치킨이야!"라고 말하자마자, 수만과 광덕은 치킨을 은희의 손에서 빼앗아 순식간에 치킨을 펼쳐 놓는다. 은희가 당황한 표정으로 치킨을 먹으려 손을 뻗는데, 수만이 닭다리를 들어 은희에게 슬쩍 준다. 은희가 닭다리를 멀뚱멀뚱 보고는 수만의 얼굴을 보자, 수만이 "먹어."라고 입 모양으로 은희에게 말한다. 은희가 얼떨결에 닭다리를 받고 수만에게 '얘가 왜 이러지' 라는 표정을 짓는다. 은희에게 닭다리를 주고 나서야 수만은 치킨을 먹기 시작한다.

치킨을 다 먹어갈 때쯤, 4회말 경기가 시작되고 셋은 아까보다는 훈훈한 분위기로 야구 경기를 보고 열심히 응원한다.

이제 슬슬 야구 경기 분위기가 달아오를 때, 은희가 또다시 둘에게 말한다.

"얘들아, 근데 왜 저 선수는 공을 쳤는데 안 달리고 다시 해?"

이를 들은 둘은 서로의 눈치를 살짝 보다가, 동시에 입을 열었으나 수만이 먼저 급하게 답한다.

"그건 말이야!!"

"그건 파울이라고 좌타석의 왼쪽 내야쪽 각부터 시작하여 좌측으로는 3루를 거치고 나서 좌측의 폴대에서 끝나는 좌측의 선과 우타석의 오른쪽 내야쪽 각부터 시작하여 1루를 거치고 우측의 폴대에서 끝나는 우측의 선 바깥쪽으로 공이 바운드로 떨어지거나 담장을 넘어간 경우, 타자가 친 공이 포수나 타자의 몸에 맞은 경우와 타자가 공을 스쳐 친 후 그것이 뒤로 간 경우를 말해."

하지만, 수만의 말을 탁 가로채고 광덕이 여유로운 목소리로 얘기하기 시작한다.

"아, 그래? 그런데 수만아, 왜 갑자기 소리를 질렀어?"

은희는 수만이 소리 지른 게 답해 주려고 한 것인지 모르는 것 같다.

"아니야…."

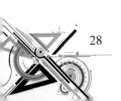

수만이 기어가는 목소리로 말한다. 광덕은 수만의 기죽은 표정에 미안한 눈빛으로 수만을 보지만, 수만은 광덕이의 표정을 잘못 받아들인 것 같은 분위기다.

5회초, 두 팀의 공수가 바뀌며 경기는 다시 시작된다.

"이번 첫 투수는 포크볼로 유명하다죠."

"네, 이 선수는 어떻게 저런 멋진 포크볼을 던지는지 모르겠네요."

두 해설위원이 대화 같은 해설을 나누었다. 의문이 생긴 은희는 또 다시 수만과 광덕에게 질문을 한다.

"얘들아, 포크볼이 뭐야?"

"포크볼은 공이 오다가 뚝 떨어지는 걸 말해. 타자 앞에서 거의 수직으로 떨어지는 공으로 포크로 음식물을 찍는 그런 느낌이지."

이번엔 수만이 답한다.

"포크로 음식을 찍는 느낌이라고? 재밌네. 히히."

은희의 입가엔 미소가 번진다. 수만은 자랑스러운 듯이 광덕을 깔보는 눈빛으로 본다.

"내가 아까 수만이가 하려던 말을 낚아채서 그런가? 계속 저런 눈빛을 쏘니까 기분 되게 나쁘네."

광덕이가 아주 작은 목소리로 입을 삐죽거리며 말한 채, 차츰

열이 오르려 한다.

5회말, 2스트라이크 3볼, 수만과 광덕이 뿐만 아니라 모든 관중들은 긴장감에 휩싸여 있다. 광덕이 침을 꼴깍 삼키고 수만은 두 손을 모으고 식은땀을 흘린다.

"네, 지금 풀카운트 상태인데요…."

해설위원의 발언은 은희의 궁금증을 더욱 확대시켰다. "얘들아 근데 풀카운트는 또 뭐야?"라고 은희가 묻자, 광덕과 수만은 이런 긴장감 속에서 그런 질문을 하는 은희가 약간 짜증나면서도 활짝 웃고 답해 주려고 입을 연다.

"그건 2스트라이크…."

"3볼인 상태야!!"

두 남자가 서로 번갈아가면서 대답을 하게 되었다. 주변에 있던 사람들이 셋을 째려보자, 은희가 짜증스러운 말투로 작게 말했다.

"좀 한 사람만 작게 대답해 줄래?"

"아, 미안."

두 남자는 입을 다문다. 그리고 서로를 말없이 바라보다가 고개를 휙 돌린다. 은희의 말에 세 사람은 아무 말 없이 경기를 계속 보게 된다. 해는 서쪽에서 치열한 두 팀의 경기를 지켜보고 있다.

"네, 현재 9회말, 서클 팀과 스퀘어 팀의 점수는 7대6, 공격권

은 현재 스퀘어 팀이 가지고 있습니다."

"현재 모든 베이스에 선수가 나가 있고요, 이번 타자가 안타만 쳐도 이길 수 있군요."

해설위원들의 말은 모든 관중들을 긴장하게 만든다. 은희도 침을 꼴깍 삼키며 경기에 집중하려고 하는데, 수만이 먼저 입을 연다.

"100% 우리 스퀘어 팀이 이긴다."

"아니거든, 우리 서클 팀이 이긴다!"

사이에서 이런 말을 주고 받는 걸 보고 은희가 그만하라고 말하고 싶지만, 둘의 말다툼은 더더욱 언성이 높아져 간다.

그때 서클 팀의 투수가 공을 던지고, 스퀘어 팀의 타자가 공을 치려고 하자, 모든 관중들은 말하지도 않고 조용히 보고 있다.

그때,

"이번엔 스퀘어 팀이 이겨. 저 선수의 타율을 봐. 서클 팀 '김안타' 선수랑 비슷해."

"아니야, 서클 팀의 투수를 봐! 얼마나 실력 있는 선수인데!"

광덕과 수만이 크게 싸우기 시작한다. 이런 정적을 깨고 둘이 싸우자, 주변에 있던 사람들이 우- 거리며 야유를 보내기 시작한다. 광덕과 수만은 신경 쓰지 않고 계속 자기 주장만 내세우기 시작한다. 그런 둘 사이에 끼인 은희가 화가 나 자리에 박차고 일어난다. 둘은 이내 조용해진다. 은희가 쪽팔리고 화나서 얼굴이 벌겋게 달아오른 채로 말한다.

"야. 너희들, 싸우려면 나 사이에 두지 말고 둘이 같이 앉아서 싸우던지!"

은희가 자리를 박차고 수만이를 끌어내 원래 자신의 자리로 앉히고 은희는 원래 수만이의 자리에 앉는다. 광덕이와 수만이의 싸움은 서로 옆에 앉으면서 더욱 심해진다. 결국 광덕이는 수만이의 얼굴을 때려버린다. 주변 사람들이 둘을 말리고, 은희는 두 남자가 한심하다는 듯이 보다가 아무 말 없이 경기장을 나간다. 하지만 둘은 은희가 나간 지도 모른 채 몇 분째 싸우다가 9회말이 끝나자, 싸움은 끝이 나버린다.

광덕과 수만이 씩씩 거리며 주변을 둘러보는데 이미 관중들은 거의 없고 심지어 옆에 은희마저 없다. 엄청나게 놀란 광덕과 수만은 입을 쩍 벌린 채 눈을 크게 뜨고 가만히 있다. 일단 둘은 자리에서 일어나 밖으로 나간다. 밖으로 나가는 도중, 서로 말이 없다가 광덕이 버스정류장 앞에서 수만이를 붙잡으며 말한다.

"수만아, 나 어떡하지? 난 은희 좋아하는데 은희는 내가 싫으면 어떡해?"

"광덕아… 아까 속여서 미안해."

"응? 뭐가?"

"사실 나 은희 좋아하는데. 네가 상처 받을까 봐 거짓말했어."

이 말을 듣고 놀랄 줄만 알던 광덕이 피식 웃으며 일어선다. 수만이 의외인 광덕의 반응을 보고 놀란다. "사실 그럴 것 같더라. 그렇지 않으면 이렇게 싸우지도 않았잖아?"라며 수만의 어깨를 툭 친다.

수만도 피식 웃으며 반대쪽을 멀리 바라보는데 은희가 건너편 벤치에 앉아 있다. 수만이 "은희야!"라며 크게 소리친다. 은희가 그 말을 못 들었는지 가만히 앉아 있다. 광덕이 "어디?"라며 둘러본다. 수만이 은희가 있는 건너편 쪽을 가리킨다. 광덕이 수만이 무의식적으로 가리킨 곳으로 달려간다. 수만이 광덕을 잡으려고 하지만 광덕은 이미 도로의 반을 무단횡단 해버린다. 은희는 그제야 광덕이 온다는 것을 알고 "광덕아!"라고 부르려는 찰나, 빠른 속도로 달려오던 회색 승용차가 휙 하고 지나가 버린다.

쾅-

회색 승용차가 끽 하며 선다. 수만이 "광덕아!"라고 도로로 뛰어가고, 은희는 충격에 휩싸인 얼굴로 도로를 바라본다. 회색 승용차 범퍼에는 시뻘겋게 물들어져 있고, 도로에는 빨간 타이어 자국이 선명하게 새겨져 있다. 그리고 광덕은 도로에 엎드린 채 피를 흘리며 쓰러져 있다.

수만이 광덕에게 달려가고 은희는 그 자리에서 주저앉는다. 수만이 광덕을 안아 들어올린다. 광덕이 "으으…."라고 신음소리를 내고 수만은 광덕이 살아 있는 것을 보고 안도의 한숨을 쉬고는 광덕의 상태를 본다. 불행 중 다행으로 머리는 다치지 않았으나 두 다리에 피가 심하게 흐르고 있다.

은희가 부들부들 떨리는 손을 겨우 붙잡은 채 스마트폰으로 119에 전화한다. 그때, 자동차에서 운전자가 반쯤 나온다. 운전자가 얼굴을 찡그리며 욕을 한다. 수만이 운전자의 목소리에 고개를 들어 자동차 쪽을 본다. 운전자가 자동차 안으로 들어가 문을 쾅 닫고 시동을 건다.

부르릉–

수만이 "설마." 하며 자리에서 벌떡 일어난다. 피로 범벅이 된 타이어가 다시 새로운 자국을 내며 멀리 달아난다. 피로 다시 선명하게 남겨진 타이어 자국이 수만의 시야를 어지럽게 한다. 수만이 소리를 지르며 자동차를 따라가려고 달리지만 이미 자동차는 시야에서 사라져버린다.

수만이 울상을 지으며 다시 광덕에게 달려간다. 광덕의 숨소리가 점점 작아진다. 수만이 "그러면 안 돼. 안 된다고!"라며 흐느끼며 주저앉고는 광덕을 끌어안는다. 은희가 벌벌 떨리는 발걸음을 옮겨 수만에게로 달려간다.

"수만아! 어떡해… 저 사람, 어떻게 이렇게 매정할 수 있어?"

"은희야, 119에 신고했지?"

"으응… 그런데 광덕이가 죽으면 어떡…."

"무슨 불길한 소리야? 살 수 있어!"

수만이 은희의 말에 발끈하며 소리친다. 은희가 그 말을 듣고 털썩 주저앉으며 울음을 터트린다. 수만이 울고 있는 은희를 위로하고 있을때, 저 멀리에서 희미하게 사이렌 소리가 들린다. 수만이 소리가 들리는 쪽으로 벌떡 일어서며 기쁜 표정을 살며시 짓는다. 은희는 울음을 서서히 그치고 소리가 들리는 쪽으로 고개를 돌린다.

멀리서 구급차가 빨간 불빛을 내며 달려온다. 수만이 "여기요!" 하면서 방방 뛴다. 은희는 쓰러진 광덕을 끌어안으며 "구급차야, 이제 살았어."라며 안도의 한숨을 쉰다. 광덕도 그런 은희를 보고 웃는 듯 하다. 구급차가 셋 앞에 멈추고 구급대원들은 피투성이가 된 광덕을 보고는 "빨리 실어!"라며 구급차에 후다닥 광덕을 싣는다. 수만과 은희도 같이 구급차에 들어간다. 구급차에 들어간 광덕은 점점 가쁘게 숨을 쉬고 있고 구급대원들은 "빨리!"라며 재촉한다. 수만과 은희도 급히 구급차에 탄다.

산소 호흡기를 끼고 숨을 몰아쉬는 광덕을 보고 구급차 사이엔 정적이 흘렀다.

"다 내 잘못이야, 내 잘못이라고… 내가 그때 화내면서 나오지만 않았다면…. 흑흑…."

"무슨 소리야!! 네 잘못은 없어. 다 그 차 잘못이라고!!"

은희가 흐느끼며 말하자, 수만이 화가 반 섞인 목소리로 말한다. 요란한 소리를 울리며 질주하던 구급차는 어느새 근처 응급실에 도착한다.

의사와 구급대원은 심각한 표정으로 대화를 하더니 광덕을 눕힌 침대를 수술실로 옮긴다. 은희와 수만은 손톱을 계속 물어뜯

으며 광덕의 수술이 끝나기만을 기다리고 있다. 그때 한 아줌마가 집안에서나 신을 것 같은 슬리퍼를 신고 형사와 함께 뛰어온다. 딱 봐도 광덕이의 어머니다. 광덕이의 어머니가 "어떻게 된거니?"라며 숨을 헐떡이며 수만의 어깨를 꽉 붙잡는다. 수만이 침을 꼴깍 삼키며 흐르는 눈물을 참고 "두 다리가 망가…졌어요…."라며 고개를 푹 숙인다.

광덕이의 어머니는 두 다리에 힘이 풀려 털썩 주저앉고는 가슴을 두드리며 오열한다. 수만이의 목숨이 걸린 수술실 밖은 한동안 정적이 흘렀다.

3일 같은 3시간이 흐르자, 산소 호흡기를 끼고 침대에 누워서 광덕이의 어머니께서 다급하게 침대로 달려 가신다.

"선생님, 제 아들 어떻게 되었나요?"

광덕이 어머니께서 눈물을 참으시며 말씀하신다.

"예, 수술은 잘 마무리 되었습니다. 다행이 부상이 성장판이나 신경계 등을 건드리지 않아 발육의 장애는 없을 것 같고요. 한 달 정도는 병원에 입원하시고 이후로는 학생이기도 하니 가정에서 재활 운동을 하시면 될 것 같습니다."

의사가 어머니를 안심시키듯 말한다. 수만과 은희도 눈물을 닦으며 안도의 한숨을 쉰다.

광덕이와 광덕이의 어머니는 병실로 들어가 안정을 취하고 있고, 수만과 은희는 형사에게 목격자 진술을 하고 있다.

"그 사람이 창문에서 거의 나오질 않아 뒷모습만 겨우 보았어요. 노란 머리로 염색을 한 것 같았고요, 회색 승용차였어요. 그리고 그 차가 차량 앞부분에 광덕이의 피를 묻히고 갔어요."

"으음, 노란머리에 회색 승용차… 차 앞쪽에 피를 묻히고 갔다…."

형사가 수첩에 필기를 한다.

"아, 그리고 앞쪽이 48허였어요…."

"48허……. 이거 규칙 있었는데 아 허가 뭐였더라…."

형사가 고민하며 말한다.

"차번호 규칙이라면 제 휴대폰에 적혀 있어요!! 인터넷에서 보았는데 신기해서 캡쳐해 놓았어요."

수만이가 말한다.

"오, 그것 좀 설명해 주지 않을래?"

"'허'라는 글자는 렌터카라고 하네요."

"왜 '허'자가 렌터카야? 더 설명해 줘."

은희가 수만이에게 말한다.

"각 나라별로 차번호 규칙이 있는데 조금씩 달라. 한국 같은 경우는 택시와 버스는 '바', '사', '아', '자'이고 택배용 차량은 '배', 렌터카는 '하', '허', '호', 그 외는 모두 비사업용 차량이라고 하네."

"그러면 한글 앞의 두 자리는 뭐야?"

은희가 다시 되묻는다.

"그건 차량의 종류라고 적혀 있어. 승용차는 01~69번, 승합차는 70~79번, 화물차는 80~97번, 특수차는 98번과 99번이야. 그리고 첨가된 이야기로 뒤의 네 자리 숫자는 차량마다 부여되는 번호래."

"와, 신기하다."

은희가 놀라워하며 말한다.

"이봐, 난데 이 동네 근방에 있는 렌터카 회사에서 '45허'로 시작하는 렌터카를 대여하거나 오늘 반납한 사람들과 차들 모아 놓게."

형사가 추적에 발동이 걸린 듯 경찰서에 전화하여 추적 준비를 한다.

차에 묻은 피 덕분에 루미놀 검사를 통해 차를 쉽게 찾게 되었고, 범인도 속전속결로 잡히게 되었다. 수만이의 기지도 수사에 한 몫 하였다.

몇 주 후, 수만과 은희가 꽃다발을 들고 어느 병실로 들어간다. 광덕의 병실이다. 광덕이 침대에 다리가 고정된 채 누워 있고 수만과 은희는 기쁜 얼굴로 광덕에게 다가간다. 광덕이 애써 웃는 얼굴로 둘을 맞이한다. 은희가 광덕에게 꽃다발을 슬쩍 준다.

"광덕아, 여기. 빠른 쾌유 바라."

"응… 미안해, 수만아, 은희야. 내가 무단횡단만, 아니 그렇게 싸우지만 않았더라도. 내가 이러지도 않았고, 너희들 걱정 주지도 않았는데."

"아냐, 내가 더 미안하지. 괜히 너랑 심하게 싸움 붙여서… 네가 이렇게 되고…."

"아니야, 다 무슨 말이야! 내가 더 잘못 했지! 그때 내가 화 죽이고 안 뛰쳐나갔어야 했는데… 내가 더 미안해. 다 내 잘못이야…."

서로의 잘못을 말하는데 그때, 광덕이 하하하 하고 웃는다. 수만과 은희가 뭔지 몰라서 가만히 있다가 그제서야 이해하고 하하하 하고 웃는다. 그때, 은희가 뜬금없이 말한다.

"그런데 번호판이 세 자리였으면 빨리 찾고, 좋았을 텐데…."

수만과 광덕이 피식 웃으며 번갈아가며 은희에게 말한다.

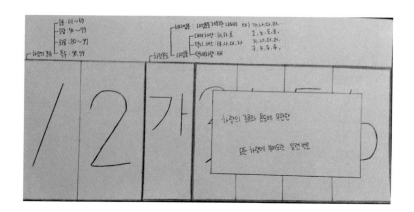

"바보야, 네가 말한대로 세 자리면, 번호판 첫째 자리는 1~9까지의 9개의 숫자, 둘째-셋째 자리는 0~9까지의 10개의 숫자가 들어가잖아."

"그러면 경우의 수로 $(9 \times 10 \times 10)$ 하면 몇이야. 900이잖아. 비사업용인 승용차들만 생각해 보자. 거기에 숫자랑 글자를 곱하면, $(69 \times 32 \times 900)$ 잖아. 즉, 198만 7천 2백 대야. 우리나라에 승용차가 그만큼 밖에 없냐? 1000만 대는 넘겠다."

은희가 알아차린 듯한 표정으로 머쓱 웃는다. 은희의 표정을 보고 광덕이 입을 연다.

"지금 같이 번호판이 네 자리면, 번호판 첫째 자리는 똑같이 1~9까지의 9개의 숫자, 둘째-넷째 자리는 0~9까지의 10개의 숫자가 들어가지? 아까 광덕이가 말했듯이 비사업용인 승용차만 생각하면 $(69 \times 32 \times 9000)$이잖아. 이번은 1980만 7천 2백 대지."

"그러네? 근데 승용차가 그것보다 많아지면 어떡해?"

"'갸, 냐, 댜' 처럼 글자를 더 만들면 되지. 우리 한글이 얼마나 많은데, 바보야."

"뭐? 바보?"

은희가 수만에게 화를 버럭 내자, 광덕이 "그만."이라고 말하며 활짝 웃는다.

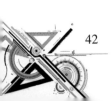

"우리 이제 서로 화해했으니까, 이제 이런 일로 싸우지 않기다. 그리고 수학에게 정말 고마워해야겠네?"라며 광덕이 농담처럼 말한다. 수만과 은희 모두 고개를 끄덕이며 미소를 띤다.

"나도 이제 수학 열심히 공부해야지!!"

은희가 다짐한다.

가을바람이 불어 꽃을 흔든다.

꽃다발의 향기가 셋을 은은하게 감싼다.

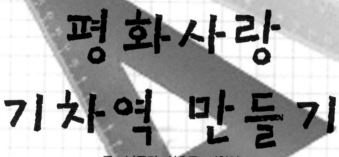

평화사랑 기차역 만들기

글- 남종민, 신호준, 이현일

그림- 이오윤, 임유진

남주는 오늘도 알람소리에 벌떡 자리에서 일어났다. 매일 반복되는 날들이지만 그 시작이 그녀의 얼굴을 보는 것에서 시작하는 게 일상이 되다 보니 남주는 언제나 아침이 행복했다. 남주는 여느 때와 다름없이 그녀를 만나기 위해 마을버스를 타고 평화마을에 있는 강남약국으로 갔다.

"또 여주 보려고 우리 동네 왔나?"

약국 주인아저씨가 남주에게 말했다. 남주가 여주를 좋아하는 것은 남주와 친한 평화마을 사람들은 거의 알고 있을 정도였다. 어김없이 여주가 남주 앞을 지나갔다.

남주는 다가가고 싶었지만 너무 떨려서 다가갈 수조차 없었다. 멀리 사라지는 여주의 뒷모습을 보며, 아쉬운 마음을 뒤로 한 채 집으로 돌아갔다.

    남주가 여주를 처음 본 것은 평화동 강남약국 근처 조그만 회
사로 남주가 면접을 보러 오는 날이었다. 그날 따라 긴장을 한 나
머지 배탈이 난 남주는 면접에 늦어버리고 말았다. 적힌 주소를
보고 오기는 하였으나 사는 동네가 다르다 보니 회사를 찾기란
여간 힘든 게 아니었다. 길을 가는 누군가에게 위치를 물어보려
고 두리번거리고 있을 때 남주는 여주를 처음 보게 되었다. 남주
가 여주에게 위치를 물어보았을 때, 낯선 이의 물음에 친절하게
대답해 주는 여주의 모습은 남주의 가슴을 두근거리게 하였다.

그렇게 여주의 도움으로 면접을 조금 늦었지만 그래도 무사히 마쳤다. 비록 지역이 멀다는 이유로 그 회사에 취직이 되지는 못했지만 남주는 그 다음날부터 그녀의 얼굴을 보기 위해 매일 강남약국에 가게 되었다. 그때부터 출근 전 여주의 얼굴을 보는 것은 남주의 하루 일과가 돼버린 것이다. 또 어느 때와 다름없이 여주를 보러 버스정류장에 갔는데 두 마을 대표가 싸우고 있었다.

"이러면 안 되는 거 아니오?!"

"아무튼 기차역은 우리 동네에 설치할 것이니 그렇게 아시오."

평화마을 주민들이 떠났다. 상황은 종료가 되었고, 남주가 구경하던 시민에게 물었다.

"지금 무슨 일 때문에 싸우는 것입니까?"

"지금 사랑마을과 평화마을이 서로서로 가까운 곳에 기차역을 만들기 위해 싸우고 있어요."

"아 그렇구나…."

무심한 듯 남주는 여주를 보러 가기 위해 강남약국을 나섰다.

그러고는 다음날이 되었다. 남주는 아침에 일어나 신문을 읽었다.

'평화마을 사랑마을 간의 이동을 끊어…'

남주는 놀랍고 당황스러웠다. 상황이 심각했다. 그렇게 사랑마을과 평화마을 사이가 점점 멀어지고 더 이상 이동할 수 없게 되었다. 이동을 끊은 지 7일이 되었다. 남주가 여주를 못본 지도 7일이 된 것이다.

"하… 여주를 못보니까 보고 싶어진다."

남주는 여주가 꿈에서도 나올 만큼 보고 싶었다.

'하… 어떡하면 좋을까? 보고 싶은데… 안 되겠다! 일단 각 대표자님들을 만나봐야겠다!'

남주는 결심하고 먼저 사랑마을 대표를 찾아 나섰다.

'똑…똑…똑'

"들어오세요."

"네, 대표님 잘 지내셨죠?"

"허허… 지금 평화동과 갈등 빚는다고 말이 아니네…. 어떻게 하면 좋을지…."

"그럼 서로서로 양보하는 쪽으로 하는 게 어떨까요? 제가 해결 방안을 구해보겠습니다."

"그래 알겠네 해결방안 찾는 대로 연락을 주게나."

"예, 알겠습니다. 그럼 연락 드리겠습니다."

남주는 바로 평화동에 있는 평화마을 대표님을 찾아갔다.

"대표님 안녕하십니까?"

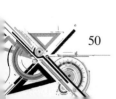

"하하 여긴 어쩐 일로 오셨습니까 일단 앉으시죠."

"네 다름이 아니라 이번 사랑동과 평화동 교류 문제 있지 않습니까? 사랑동과 평화…."

"그 문제라면 얘기도 꺼내기 싫구만 그래! 서로 타협이 있어야 하는데 얘기가 통해야 말이지… 어험!"

"제가 해결방안을 찾아볼 테니 서로서로 양보하는 쪽으로 하는게 어떻습니까? 한번 더 대표님들 만나는 자리를 만들어 보죠."

"자네가 애써주는 것 고맙지만 이번 일을 자네가 할 일이 아닌 것 같네."

"하…하…하지만…."

"볼일 다 봤으면 그만 가주게나."

남주는 합의점을 찾지 못한 채 돌아가야만 했다.

그래도 남주는 포기하지 않고 해결방안을 찾기로 결심했다.

'하 어쩌면 좋지…? 이대로 물러서면 영영 여주를 보지 못할 것 같은데….'

'아… 어쩌지, 평화마을 대표님에게 동의를 받아야 하는데….'

남주는 포기하지 않고 다음날에 한 번 더 갔다.

"찾아오지 말라고 했을 텐데 자네…."

"한번만 기회를 주십시오. 두 동네 간의 상권을 제가 살려보겠습니다.”

“자네가 어떻게 살린다는 말인가! 도대체!”

“서로서로 양보를 해서 기차역을 동등한 위치에 설치를 한다면 두 마을 간의 교역도 발달하게 될 것이고 경제도 같이 성장하게 될 것입니다. 그러니 서로 양보를 하게끔 한번 만나라도 보시죠.”

“흐음… 그럼 뭐 한번 만나라도 봐야 되겠구만…. 날짜 맞춰서 나에게 연락을 주겠나?”

“네. 정말 감사합니다.”

남주는 해결방안을 생각해 보게 되었다.

그러던 중

“아, 그렇지. 수선작도로 수직이등분선을 그으면 똑같은 위치에 오게 되겠네~”

남주는 기막힌 생각이 떠오르자 먼저 사랑마을 대표에게 갔다.

“대표님, 기차역 문제 말입니다. 제가 해결방안을 생각해 보았습니다.”

“어, 그래. 무엇인가?”

“우리 마을과 평화마을을 잇는 선을 하나 긋고, 그 선의 수직이등분선을 그어서 기찻길과의 교점을 찾으면, 그 교점은 두 마을에 이르는 거리가 같은 지점이 됩니다. 우리 서로 양보하여 중

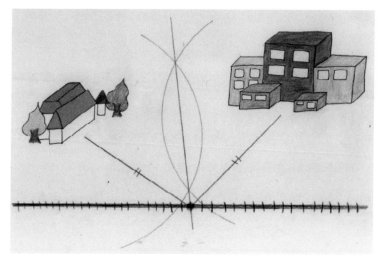

같은 거리 기차역

간점에 기차역을 만들면 어떨까요?"

"음. 그렇다면 어떻게 같은 거리가 될 수 있는 거지?"

"그건 수직이등분선의 성질입니다. 두 마을을 이은 선분의 중점을 지나고 이 선분에 수직인 직선을 선분의 수직이등분선이라고 합니다. 수직이등분선의 작도는 그림으로 설명을 해 드리겠습니다.

첫 번째는, 선분의 양 끝점 A와 B에서 반지름의 길이가 같은 원을 그려서 그 교점을 각각 P, Q라고 합니다.

두 번째는, 두 점 P와 Q를 잇는 직선 PQ를 그으면 그 직선은 선분 AB의 수직이등분선이 됩니다.

여기서 수직이등분선 위의 임의의 한 점에 대해 두 점 A, B에 이르는 거리가 같음을 알 수가 있는데요. 이는 선분 PA와 선분 PB를 그으면 △PAM과 △PBM이 SAS합동이 되기 때문입니다.

즉, 수직이등분선의 교점에 기차역을 만들게 되면 두 마을 사이에 이르는 거리가 같게 됩니다.

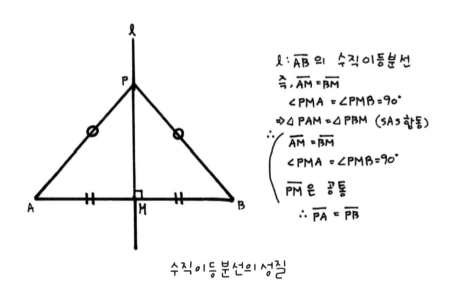

수직이등분선의 성질

"그렇군… 자네 하는 일이 뭔가?"

"전 지금 그냥 취업 준비하고 있습니다. 제가 학창시절에 수학을 좋아해서 한번 활용해 봤습니다.”

"일단 평화마을 대표에게도 말을 해봐야 될 거 같군요. 이 협의가 잘 된다면 사례는 두둑이 하겠네. 정말 고마워요~”

"아닙니다~ 사랑마을 주민으로써 해야 할 일을 한 것 같아 기분이 좋네요~하하!”

"그럼 협의안이 나올 때 연락하지요. 오늘 정말 수고 많으셨네요.”

이 말을 들은 남주는 꼭 이 해결방안으로 협상이 되어 여주를 만나게 될 수 있으면 좋겠다고 생각했다.

다음날 아침 남주는 평화마을을 갈 수 없는 상황이라 늦게 일어났다. 외출 준비를 하고 있었는데 때마침 전화가 왔다.

따르릉따르릉

철컥

"여보세요.”

"네, 여기 평화마을 마을회관 대표입니다.”

"아… 예 협의안은 어떻게 됐나요?”

"네. 당신 덕분에 잘 해결이 되었습니다. 답례라도 하고 싶네요….”

"아… 아니에요. 그냥 나중에 한번 커피 한잔 같이해요~”

"아. 그럼, 그러죠. 고마워요 청년~”

"아, 예. 수고하십시오."

그리고 그 다음날 아침, 사랑마을과 평화마을은 사이가 다시 좋아져서 이동을 할 수 있게 되었다. 그래서 남주는 꽃단장을 하고 평화마을에 여주를 만나러 간다. 여주를 볼 생각에 한껏 들떠 있었다. 약국 주인아저씨는 오랜만에 봐서 그런지 이번에는 친절하게 대해 주었다. 약국 아저씨는 박카스를 건넸다.

"자네, 고생했네. 이거라도 드시게."

남주는 기분이 좋아서 웃으며 약국 주인아저씨와 얘기를 하던 도중, 여주가 지나갔다. 그런데 여주가 남주에게 말을 거는 것이었다. 여주가 남주의 존재를 알게 되었다.

"어머, 사랑마을 영웅 아니세요?"

남주는 많이 쑥스러워했다.

"네…? 아… 그렇게 소문이 났나요…? 쑥스럽네요."

"그리고 저번에 여기 손수건…."

"아~ 그땐 정말 경황이 없어서… 정말 감사합니다."

"아, 아니에요. 영웅한테 당연히 해드려야죠."

그렇게 남주와 여주는 서로 알게 되면서 사이가 좋아졌다. 그날 따라 남주는 기분이 날아갈 정도로 좋은 하루를 보냈다.

며칠 뒤 기차역 공사가 시작하고 몇 달 후 기차역이 완공되었다.

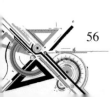

기분 좋은 마음으로 운동하러 가는 길에 마침 또 그녀와 기차에서 마주쳤다.

자리가 많이 없던 터라 그녀는 남주 옆자리에 타게 되었고 남주는 가슴이 두근두근 되었다.

그러던 중 여주는

"요즘 자주 뵙네요."

남주는 그녀가 말을 걸어주어서 정말 떨렸다. 떨리는 마음을 가라앉힌 뒤 대답했다.

"네… 많이 보게 되네요."

기차역이 설치되고 두 마을 사람들은 기차를 많이 이용하게 되었다.

남주의 아버지는 사랑동에서 과일가게를 하고 있다. 기차역이 생기기 전까지는 사랑마을에서 작게 과일을 판매하였지만, 기차역이 생기고 나서 물품의 유통이 편해져 점점 과일가게가 점점 번창하였다. 그날도 어김없이 남주의 아버지는 물품을 가지러 기차역으로 걸어갔다. 하지만 그날 따라 무척 더운날이라 무거운 과일을 들고 가던 중 열사병에 걸려 쓰러지셨다. 아버지는 다행이 지나가던 행인이 119에 신고를 하여 다행히 병원으로 이송되어 큰 문제는 되지 않았지만, 아버지가 말씀하셨다.

"기차역과 우리 마을과의 거리가 멀어 나처럼 기차역에서 물건을 받아 파는 상인들은 굉장히 힘들구나."

"아버지 그러면 다음부터 물건을 받으로 가실 때 저와 함께 가시는 게 어떠하신지… 다음부터 이런 일 생기시면 안 되잖아요."

"우리 마을과 가까운 기차역이 하나 설치되면 좋으련만…."

아버지가 퇴원하신 후 그 다음날부터 걱정되어 남주는 아버지와 함께 물건을 받으로 가게 되었다.

남주는 상인인 아버지를 따라 물건을 받기 위해 같이 기차역을 가고 있었다. 그런데 갑자기 기차역의 통행을 경찰들이 막고 있었다.

"무슨 일인가요?"

남주가 경찰 중 한 명한테 물었다.

"지금 난리도 아닙니다. 지금 사랑마을 상인협회가 역 입구를 차단시킨다 하나 뭐라나."

경찰이 대답하였다.

남주는 두 마을 사이의 고민이 모두 해결된 줄 알고 있었는데 또 다른 갈등이 생긴 것 같아 매우 난해했다. 그리고 갑자기 몇 주 전에 있었던 일이 생각이 났다.

2주 전에 있었던 일이다. 그날도 남주는 아버지를 따라 기차역의 물건을 받으러 갔다. 그러던 중 어디서 시끄러운 소리가 났다.

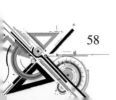

"힘들다. 상인들. 상인들을 위해 사랑마을과 평화마을 최단거리의 기차역을 하나 더 설치해라!!"
라고 상인들이 소리치는 걸 들었다.

"아버지 저 사람들에게 무슨 일이 있는 겁니까?"
남주가 아버지께 여쭈어보았다.

"지금 시위하고 있어. 그… 우리 동네에서 기차역 가는 길이 너무 멀어 상인들이 많이 걸어야 돼서 사랑마을과 평화마을의 최단거리의 기차역을 하나 더 만들자고 하는 걸 거야."

"아… 그렇군요. 두 마을이 다시 친해져서 기뻤는데 우리 마을 안에 이렇게 안타까운 갈등이 있는지 몰랐네요."

"나도 상인으로서 이 시위에 공감을 하긴 하지만 그래도 이번 시위는 지금은 크게 영향이 없을 거야."

남주는 그때는 별 생각 없이 지나쳤다.

그런데 지금은 사태가 심각해진 것 같았다. 남주는 이번 사건도 해결해야겠다고 느꼈다.

아버지는 기차역으로 갔고, 남주는 사랑마을 대표를 찾아갔다.

"헉… 헉…."

"아이고 마침 잘 왔네. 지금 난리도 아니라네… 이건 어떻게 해야 할지 막막하다네…"

"뭐… 어떻게 된 거예요? 정확하게 설명해 주세요."

"실은 사랑마을 상인들이 교역이 너무 어렵다고 해서 우리가 비용을 부담하고 크레일 사장은 역건설만 해달라고 간곡히 부탁하는데 건설비용이 많이 든다고 우리 부탁을 단칼에 거절하더라고… 그래서 지금 상인들이 난리라는 거지…."

 "그럼 일단 우리 크레일을 한번 찾아가보도록 하죠."

 그렇게 두 사람은 차에 올랐다.

 "우리 한번 계획을 짜보자고."

 "일단 크레일 사장님께 잘 말씀드려서 부탁을 드리는 거야."

 "알겠습니다."

 둘은 크레일 사장실에 서게 되었다.

 "무슨 일이십니까? 일단 앉으시죠."

 "아, 먼저 우리 마을에 기차역을 만들어 주신 것에 감사드립니다. 다름이 아니라, 기차역을 하나 더 만들어 줬으면 합니다."

 "아… 저번에도 말씀드리지 않았습니까? 돈이 너무 많이 들뿐만 아니라 그렇게 쉽게 설치할 수 있는 게 아닙니다."

 "그래서 부탁드리는 겁니다. 일단 저희 측에서도 투자를 해보도록 하겠습니다."

 "투자를 하면 어디에 기차역을 설치할 겁니까?"

 "두 마을사이의 최단거리로 가는 곳에 설치하는 겁니다."

 "어떻게 그게 가능한지 설명을 듣고 싶군요."

"저에게 하루만 시간을 주시면 최단거리를 구해서 설명해드리도록 하지요."

"음… 그럼 일단 흥분된 상인들부터 진정시켜주십시오."

"네… 그러겠습니다 내일 다시 보도록 하지요."

이렇게 협상이 내일로 연기되었다. 사랑마을 대표와 남주는 어떻게 최단거리를 구할지를 곰곰이 생각해 보았다. 그런데 해답은 나오지 않았다.

"대표님 저만 믿어주십시오. 제가 어떻게든 해결해 보겠습니다."

"고맙네."

남주는 생각하고 또 생각했다.

'어떻게든 여주를 만나야 할 텐데… 좋은 생각이 없을까?'

남주는 기차역을 한동안 보고 있다가 남주는 기막힌 생각이 떠올랐다.

'아 평화마을을 수선작도해서 대칭점을 찾으면 사랑과 선분을 그어주면 되겠구나!!'

만나기로 한 날이 왔다. 남주와 사랑마을 대표, 크레일 대표가 한자리에 다시 모였다.

초조해진 마을대표가 작은 목소리로 남주에게 물었다.

"자… 자네 생각해 왔는가."

"네. 믿어주십시오, 대표님."

크레일 사장은 최단 거리의 위치가 어딘지 물었다. 남주가 말을 꺼냈다.

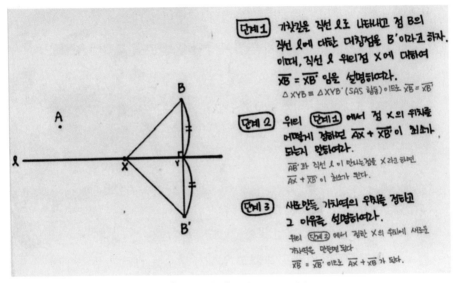

<단계1> 가창길을 직선 ℓ로 나타내고 점 B의 직선 ℓ에 대한 대칭점을 B'이라고 하자. 이때, 직선 ℓ 위의점 X에 대하여 $\overline{XB} = \overline{XB'}$ 임을 설명하여라.
△XYB ≡ △XYB' (SAS 합동) 이므로 $\overline{XB} = \overline{XB'}$

<단계2> 위의 <단계1> 에서 점 X의 위치를 어떻게 정하면 $\overline{AX} + \overline{XB'}$ 이 최소가 되는지 말하여라.
$\overline{AB'}$ 과 직선 ℓ 이 만나는점을 X 라고 하면 $\overline{AX} + \overline{XB}$ 이 최소가 된다.

<단계3> 새로만들 가치역의 위치를 정하고 그 이유를 설명하여라.
위의 <단계2> 에서 정한 X의 위치에 새로운 가치역을 만들면 된다.
$\overline{XB} = \overline{XB'}$ 이므로 $\overline{AX} + \overline{XB}$ 가 된다.

수선을 이용한 최단거리 구하기

"그건 바로 평화마을을 수선작도해서 대칭점을 찾고, 그 대칭점과 사랑마을을 선분으로 그어주면 됩니다. 그렇게 하면 평화마을과 사랑마을 사이의 최단거리가 나오게 되죠. 이렇게 되면 우리 사랑마을이 좀 더 편하게 장사를 할 수 있게 되고 마을 사람들의 불평도 해소될 것입니다."

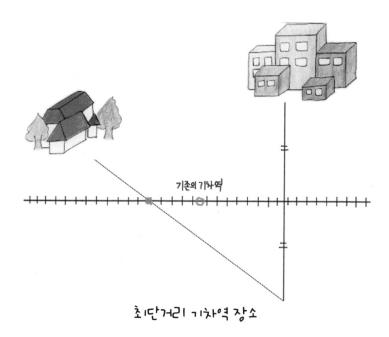

기존의 기차역

최단거리 기차역 장소

이 말을 듣고 크레일 사장은 곰곰이 생각을 해보았다. 그리고 사랑마을 상인들을 불러 회의를 하였다.

"우리 교류가 너무 힘듭니다. 대책을 내주세요."

화가 난 상인들은 말했다.

남주가 말했다.

"상인 여러분 저희에게 좋은 생각이 있습니다. 마을과 마을 사이의 최단거리를 수선 작도 하여 구해서 그 최단거리에 기차역을 설치하는 겁니다. 이 원리는 선분의 최단거리를 이용하는 것입니다. 평화마을을 기찻길을 축으로 대칭이동 시켜 대칭점을 찾은 후 그 대칭점과 사랑마을까지 선분으로 연결하게 되면 선분의 길이가 최단거리가 됩니다. 어려우시지요? 그림으로 설명해 드리겠습니다."

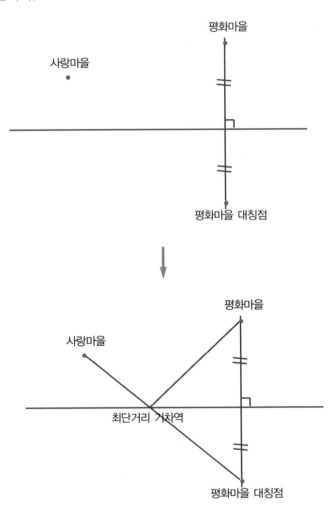

첫 번째는, 먼저 평화마을의 대칭점을 찾습니다.

두 번째는, 사랑마을과 평화마을의 대칭점을 연결하는 선분을 긋습니다.

세 번째는, 그 선분과 기찻길의 교점을 찾으면 그 교점은 두 마을을 잇는 최단 거리의 기차역이 됩니다.

크레일 사장이 만족스럽다는 눈초리로 고개를 끄덕이며 말했다.

"그래 좋소. 두 마을 사이에 최단거리 기차역을 하나 만들어 주도록 하겠소. 그런데 무료로 설치할 수는 없고 돈을 좀 거둬야 할 것 같습니다."

상인들은 끄덕이며 말했다.

"그럼 그렇게 하죠. 저 청년 정말 대단하구만!"

남주가 쑥스러운 듯 말했다.

"저… 저는 주민으로써 할 일을 한 것 뿐입니다."

"아! 그럼, 전화번호 좀 주시겠나? 나중에 꼭 필요할 인물이 될 것 같군."

크레일 사장은 남주를 눈여겨 보고 말했다

"네, 여기요."

그후로 평소와 다름없이 남주는 여주를 보기 위해 버스를 타고 사랑마을로 갔다.

그러던 중 한 통의 전화가 왔다.

"여보세요."

"크레일 사장입니다."

"아…예… 무슨 일로?"

"자네 우리 회사 다닐 생각 없나? 듣자하니 직장도 아직 못 구한 것 같은데 우리 회사에 인재가 되어주게나."

"아… 그럼, 저야 좋죠… 면접은 언제?"

"아니네. 그냥 바로 입사하면 될 걸세. 다음 주에 보도록 하지."

"저… 제가 무슨 일을 하면 되겠습니까…?"

"자네가 수학적으로 설계를 하는 일을 해줬으면 좋겠네."

"네… 감사합니다. 잘해보겠습니다."

전화가 끝난 뒤 남주는 정말 얼떨결이라 당황스러웠다

'와 내가 대기업에 들어갈 줄이야…. 그런데… 여주를 볼 수 없겠는데? 이젠…?'

입사하는 회사와는 정반대이기 때문에 여주를 더 이상 볼 수 없게 된 것이다. 그래서 남주는 심히 고뇌했다.

지금 타고 있는 기차가 마지막 여주를 보기 위한 버스였다.

입사 날이 되었다. 조금은 긴장되는 모습으로 첫 출근을 하였다.

"사장님, 저 왔습니다."

"어 잘왔구만. 자네 자리는 여기라네."

"여주야! 이 분한테 회사 설명해 드려라."

남주는 열심히 해야겠다는 마음에 90도로 인사를 했다

"안녕하세요. 신입사원 남주라고 합니다. 잘 부탁드립니다."

인사를 하며 그녀의 얼굴을 보는데 바로 남주가 매일 보는 여주 였던 것이다.

"아! 네, 잘 부탁드… 어!"

남주는 정말 놀랐고 인사하는 여주도 역시 놀라긴 마찬가지였다.

"손수건…."

"아… 네."

크레일 사장은 물었다

"아 혹시 둘이 아는 사이였나?"

"네. 저희 항상 아침에 마주치는 걸요."

남주는 그렇게 매일매일 크레일에 일을 나가게 되었다. 그러던 중 남주는 여주와 나날이 친해지게 되었다.

남주는 여주와 같은 업무를 하여 나날이 열심히 하고 성과도 좋았다.

어느날…. 여주가 남주에게 커피를 주며 말을 건넸다.

"오늘 저녁 한 끼 해요…."

"아, 저야 좋죠."

3년 후

"빰 빰빠밤 빰빰빠밤"

결혼식 노래가 들려왔다. 남주와 여주의 결혼식인 것이다. 둘은 2년 간의 연애를 거쳐 결혼의 성공을 하고 행복하게 살았다.

40년 전의
기억

글 장제헌

그림 류수빈, 박소언, 정혜원

어느 따뜻한 봄날 나는 수학을 풀던 것을 멈추고 따뜻한 햇살에 이끌려 잠시 밖에 나와서 흔들의자에 앉았다.

벌써 그 일로부터 40년이 지났다. 나는 그 일을 절대로 잊을수 없을 것이다.

그 일은 40년 전의 어느 여름날의 일이었다. 나는 그때 우리가먹을 밀 수확이 한창이었다. 하지만 나는 그 당시에 농사보다도 수학을 더 좋아했다. 수학이야말로 우리의 삶을 더욱 편리하게 해주는 이로운 것이었기 때문이다.

농사도 수학적으로 계산을 하고 지어야 가장 최적의 효과를 얻을 수 있다. 그리고 이 근방에서 헛농사를 짓는 사람들도 넘쳐난다. 우리 집 같은 경우에는 미리 예산과 지출을 다 계산하고 얼마나 밀을 심어야 할지 결정할 수 있지만 다른 흔한 농가에서는 영주님에게 드릴 밀을 생각을 안 하고 마음대로 심었다가 완전히 그 해 농사를 망쳐서 매우 힘들어 했던 사람들을 보았다.

그러므로 우리 일상에서 수학은 매우 필요하고 유용한 존재이다. 하지만 나의 아내는 나의 이러한 노력을 모르는지 언제나 왜 그런 쓸모없는 짓을 하냐고 구박을 한다.

물론 나의 이러한 지식을 더 늘리기 위해 종이에 상당한 지출을 하고는 있지만 그것은 어쩔 수 없는 것이다.

그렇게 부부싸움이 잦아지던 어느 날 아침에 일어나보니 아내가 없어졌다. 나는 매우 당황했다. 이때까지 아내가 집을 나간 경우는 없었기 때문이다.

그래서 나는 우리 마을에서 대장간을 운영하고 있는 알보어한 테 갔다. 알보어는 말했다.

"나는 자네의 아내를 그림자도 못 봤네."

그리고 내가 좀 멀어지자 이런 소리가 들렸다.

"저 미치광이 놈, 내가 저렇게 될 줄 알았다."

나는 당장 달려가 저놈의 얼굴을 치고 싶었으나 저놈은 나보다 도 덩치가 훨씬 크고 그린 쓸모없는 일에 시간을 소비할 필요가 없었기 때문에 나는 참고 다시 아내를 찾기 시작했다. 다음에는 여관을 하고 있었던 린다에게 가서 물었다.

"린다, 혹시 우리 아내를 보았소?"

린다는 대답을 하였다.

"미안해요. 나는 당신의 아내를 보지 못했어요."

어느덧 린다의 딸인 스텔라가 나를 손가락으로 가리키며 말했다.

"엄마, 여기에 미친 아저씨가 있어요."

린다는 당황하면서 딸의 입을 막고 어색한 미소를 지었다.

나 또한 어색한 미소를 지으면서 그곳을 빠져 나왔다.

다음에는 강가에서 나무를 베고 있는 존한테 가서 물어 보았다.

"존 혹시 내 아내 못 봤어?"

존은 입을 열었다.

"이봐 그러지 말고 차라리 수학을 하지 않는 게 어때? 그 멍청한 수학 때문에 자네의 아내가 갔으니 수학을 안 하면 다시 오지 않겠어? 뭐 그 전에 늑대한테 죽거나 떠났을 수도 있지만 말이야."

존은 분명히 나를 비꼬는 말투였다. 하지만 오랫동안 친구라고 지내온 사이로서 나는 그 친구가 비꼬는 것을 좋아하지만 나쁜 의도가 없는 것은 알고 있었다. 그리고 존은 나름 충고를 해주는 것이었다. 그래서 나는 별다른 말없이 길을 떠났다. 어느새 뉘엿뉘엿 해가 지고 나는 일단 집으로 돌아갔다. 나는 혹시나 하는 마

음으로 문을 열어 보았으나 달라진 것은 아무것도 없었다. 그래서 나는 대충 저녁을 먹으러 식탁으로 갔는데 식탁 위에 못 봤던 편지가 하나 있었다. 편지의 내용은 다음과 같았다.

"수학이 좋으면 수학하고 살아라. 나는 $y=x^2-4x+7$의 꼭짓점으로 간다."

아무래도 내 책상 위에 있는 수학문제들을 보고는 적은 모양이다. 거기에 지도도 같이 있었으니 이것을 보고 어디에 있는지 구하면 되겠다.

우선 문제를 해결하기 위해 이차함수가 무엇인지 한번 정리해 보기로 했다. 일단 이차함수의 전인 다항함수부터 정리하기로 했다. 함수 $y=f(x)$에서 $f(x)$가 x에 대한 다항식일 때, 이 함수를 다항함수라고 하고, 특히 다항식이 일차, 이차, 삼차 … 의 다항식일 때 그 다항함수를 각각 일차함수, 이차함수, 삼차함수 라고 하고 지금의 경우에는 이차 다항식을 사용을 하였기 때문에 이차함수를 사용해야 된다. 이차함수는 함수 $f(x)$가 x에 대한 이차식으로 나타내어질 때, 즉 $f(x)=ax^2+bx+c(a\neq0)$일 때, $y=f(x)$를 x에 대한 이차함수라고 한다. 이차함수 $y=ax^2+bx+c(a\neq0)$의 그래프는 x, y평면 위에서 y축에 평행인 축을 갖는 포물선으로서, $a>0$이면 아래로 볼록이고 최솟값을 가지는 함수가 된다. 그리고 $a<0$이면 위로 볼록이고 최댓값을 가지는 함수가 된다. 먼저 기본형인 $y=ax^2$에 대해 먼저 정리를 하면, $y=ax^2$의 그래프는 $(0, 0)$을 꼭짓점으로 하고, y축을 축으로 하는 포물선이 된다. 여기서 $y=ax^2+bx+c$를 표준형인 $y=a(x-p)^2+q$로 바꾸게 되면 꼭짓점을 쉽게 구할 수가 있다. $y=a(x-p)^2+q$는 $(0, 0)$을 꼭짓점으로 갖는 이차함수 $y=ax^2$의 그래프를 x축 방향으로 p만큼, y축 방향으로 q만큼 평행이동시킨 그래프이므로, 그 꼭짓점의 좌표는 (p, q)가 된다. 따라서 이차함수 $y=x^2-4x+7$을 완전제곱식을 이용하여 표준형으로 바꿔주면 꼭짓점의 좌표를 구할 수 있다. 나는 얼른 종이에 식을 적어 보았다.

$$y = x^2 - 4x + 7$$
$$= (x^2 - 4x + 4) - 4 + 7$$
$$= (x-2)^2 + 3$$

그러므로 꼭짓점은 (2, 3)이고 최솟값을 가지게 된다. 지도를 보면 로릭스테드라는 이웃마을이다. 나는 일단 오늘 밤은 자고 내일 아내를 찾으러 로릭스테드에 가봐야겠다. 아침이 되고 나는 신께 기도를 하기 위해서 교회에 들렀다. 교회에는 목사님이 홀로 있었다. 나는 목사님께 이야기를 했다.

"목사님, 사실 제 아내가 집을 나갔고 저는 아내를 찾고 있습니다."

이 이야기를 하자 목사님이 입을 열었다.

"그것 참 딱한 일이군요. 신께서 당신을 지켜주시기를."

나는 혹시 모르니 농작물을 산짐승들한테서 지키기 위해 있던 손도끼, 음식주머니 그리고 돈주머니를 들고 길을 나섰다.

얼마나 걸었을까? 저기 앞에 무엇인가 생물체가 있는 것 같다. 그것은 회색빛을 내고 매우 굶주린 듯한 눈빛을 가지고 나의 목을 금방이라도 찢어도 이상하지 않은 이빨을 가지고 나를 움직이지 못하도록 잡을 것만 같은 발톱을 가진 늑대였다.

그 늑대는 아무래도 늙어서 무리에서 떨어져 나온 것으로 보였다. 그리고 그 늑대의 앙상한 갈비뼈를 보니 아무래도 며칠 굶은 것 같았다.

늑대는 몸길이는 대략 1.5m이다. 이 점을 보아하니 한때 우두머리를 했던 것 같다. 그만큼 이 늑대는 노련할 것이다. 그 늑대는 나에게 달려왔고 나는 필사적으로 몸을 날려서 몸을 피하였다. 다행히도 이번에는 운 좋게 피했지만 다음에도 피하리라는 보장이 없다. 그럼으로 나는 빨리 생각해야 한다. 저 늑대 종은 대략 36km/h로 달린다.

킬로미터로 환산하면 $36km/h = \dfrac{36km}{1h} = \dfrac{36000m}{(60 \times 60)s} = 10m/s$ 이므로, 10m/s로 늑대는 달린다. 지금의 거리는 대략 100m이니 늑대는 약 10초 후에 나에게 도달할 것이다. 그러니 나는 빨리 생각을 해야 한다. 이 주변에는 흙만 있다. 흙? 흙……. 9초 후 늘대는 내 눈앞까지 왔고 나는 흙을 집어서 늘대의 눈에 던졌다. 늘대는 매우 괴로워하면서 그대로 꼬꾸라졌다.

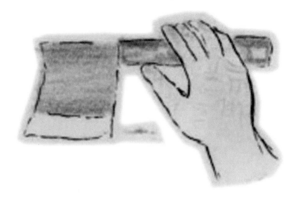

나는 가지고 왔던 손도끼를 들고 늘대의 목을 사정없이 내려쳤다. 늘대는 피범벅이 되었고 나의 도끼와 옷 또한 피범벅이 되었다. 늘대는 숨이 끊긴 듯 아무런 반응이 없어졌다. 늘대가 숨이 끊기는 순간 나는 온몸의 힘이 쭉 빠져서 그대로 주저앉아버렸다. 하지만 나는 계속 움직여야 됐다. 피 냄새를 맡고 굶주린 다른 늘대 무리나 곰과 같은 다른 위험한 동물들을 불러들일 수 있고 나의 아내를 찾기 위해서라도 빨리 움직여야 됐다. 그렇게 나는 걷고 또 걸었다. 그렇게 날이 저물고 근처 여관에서 머물기로 하였다. 나는 여관에 들어서자 여관 주인은 나의 모습을 보고 매우 놀라는 눈치였다.

여관주인이 얘기를 했다.

"자네 옷이 왜 그런가?"

나는 앞에 있던 사건인 아내가 집을 나간 일, 늑대의 습격을 받은 일과 같은 사건들과 같은 일들을 사건들을 모두 다 설명을 하였다. 여관 주인은 그제야 안심한다는 눈치였다. 그 여관에는 늙은 투숙객이 이었다. 그는 백발에 하얀 수염을 가지고 있었다. 그의 몰골은 뼈와 가죽밖에 없을 정도로 형편없어서 거지라는 생각도 들었다. 나는 그 순간 왜 여기에 저런 늙은 노인이 있는 지 호기심을 참지 못하고 그 늙은 투숙객에게 물었다.

"저 어르신 어인 일로 이곳에 계시는 지요?"

그러자 그 늙은 투숙객은 입을 열었다.

"여행자들에게 위험을 전하려고 있소."

나는 말했다.

"무슨 위험을 말하는 겁니까?"

늙은 투숙객은 다시 입을 열었다.

"이 근처 멀지 않는 산 정상에서 산적들이 내려와 여행객들을 약탈한다오. 그래서 내 비록 늙었지만 다른 사람들에게 주의를 주기 위해서 이곳에서 묵는 것이라오."

나는 그 늙은 투숙객의 말을 듣고 순간 내가 그의 첫인상으로만 그 노인을 판단하였던 것이 부끄러워졌다. 그래서 나는 미안

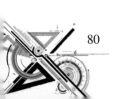

한 마음이었는지 경청을 하였다. 그때까지만 해도 나에게 이런 일이 있을 줄 몰랐다. 그 다음에 나는 벌꿀 술과 스프를 사서 먹고 방을 빌려서 잠을 청했다. 시간이 흐른 후 나는 잠에서 깨어났고 다시 길을 갈 채비를 하고 다시 길을 떠났다. 길을 하염없이 걸었다. 좀 걸으니 로릭스테드의 마을이 흐릿하게 보이는 것 같다. 그리고 좀 더 걸으니 순찰중인 경비병 무리도 보인다. 그렇게 로릭스테드의 웅장한 모습이 보인다. 더 이상은 새소리는 들리지 않고 사람들이 싸우는 소리, 우는 소리, 웃는 소리 등 여러 가지의 소리들이 들렸다. 냄새도 풀 냄새에서 술 냄새, 고기냄새 등의 여러 가지 냄새들로 바뀌어 나의 코를 말에 탄 기사들처럼 찔렀다. 그렇게 나는 로릭스테드에 들어갔다. 로릭스테드에는 사람들이 매우 붐볐다. 나는 아내를 어떻게 찾아야 될지 막막했다. 마을에 들어서니 이상한 냄새가 났다. 그래서 주변을 둘러보니 사람들이 죽어서 썩고 있었다. 나는 매우 놀라면서 주변의 사람에게 물었다. 그 사람은 말했다.

"저것은 산적들이 인질을 잡아 죽이고 놔둔 것이오, 앞으로 4일 안에 모든 인질들을 죽일 것이오. 저것 때문에 영주님은 화가 나서 원정대를 모으고 있는 것이오."

나는 아내가 인질들 중에 없기를 바라며 일단은 여관에 들러서 여관주인에게 아내의 얼굴을 묘사하여서 물어보았다.

여관주인은 말했다.

"음. 그와 비슷하게 생긴 여자라면 며칠 전에 이 마을을 습격한 산적 무리들에게 끌려갔을 것이오."

나는 정말로 하늘이 무너질 것만 같았다. 여관주인은 나의 얼굴을 보고는 말했다.

"아마 자네에게 매우 소중한 사람인 것 같은데 그 사람은 잊는 것이 나을 것이네, 그 산적 무리는 매우 흉포하기로 소문난 산적들이네."

하지만 나는 나의 아내를 버릴 생각은 추호도 없었다. 여관주인은 나의 표정을 읽었는지 말을 이었다.

"만일 자네가 정 사려면 그 위치는 가르쳐 주겠네. 마을에서 북서쪽으로 가다보면 광산이 있을 것이네. 그 광산에 그 산적들이 있을 것이네. 간다면 자네의 목숨은 보장할 수가 없네."

하지만 나는 한치의 망설임도 없었다. 아내가 없는 인생은 영혼이 없는 빈껍데기에 불과하기 때문이다. 하루라도 빨리 구하고 싶은 마음이 컸지만 막무가내로 가면 오히려 내가 죽을 확률이 높았기에 나는 만반의 준비를 해야 됐다. 일단은 광산의 내부를 알아야했다. 원래 그 광산에 일하고 있다가 산적들 때문에 쫓겨난 광부들에게 찾아갔다.

"당신들이 산적이 점령하고 있는 광산의 광부들이요?"

광부 중 우두머리로 보이는 늙은이가 입을 열었다. 그 늙은 광부는 키가 작고 뚱뚱했으며 풍성한 붉은 수염을 가지고 있었다.

"그 광산은 나의 아버지가 금맥을 발견하시고 세운 광산이오, 그 광산은 우리 일족이 앞으로 일해야 될 광산이란 말이오. 반드시 되찾아야 하는 것이오."

그 늙은 광부의 말은 평화로웠지만 눈에는 분노가 가득 차 있었다.

나는 이야기를 했다.

"사실 나의 아내가 그곳에 잡혀 있소. 그래서 나는 영주에게 그곳을 공격하자고 이야기를 할 것이오. 그러므로 그곳에 가려면 일단 내부부터 알아야 된단 말이기 때문에 나는 광산의 지도가 필요한데 좀 그려줄 수 있겠소?"

그 늙은 광부는 나를 믿지 못하면서 말을 했다.

"내가 왜 자네를 믿어야 하지? 자네가 그 산적 중의 한 명일 수도 있고 아니면 그 광산을 노리는 다른 사람 중의 한 명일 수도 있는데 말이야."

나는 손도끼를 꺼내서 아무런 말없이 나의 손바닥을 그어서 피를 낸 뒤에 그 피를 바닥에 떨어뜨렸다. 그 늙은 광부는 매우 놀라며 나에게 말했다.

"지금 뭐하는 짓인가?"

나는 말했다.

"이 정도면 저의 말이 사실이라고 믿겠습니까?"

그 늙은 광부는 광부 중 한 명을 시켜서 나를 치료하게 하고 다른 한명은 지도를 그리게 했다. 그리고 늙은 광부는 말했다.

"자네 정도의 의지라면 믿을 수 있을 것 같군. 이왕에 하는 거라면 확실하게 하게나."

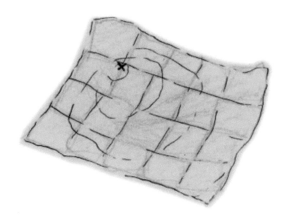

그 길로 나는 영주님을 찾아갔다. 영주님은 얼굴에는 거만함이 드러났고 꽤나 뚱뚱하였다. 매우 화려해 보이는 의자에 앉아 있었다. 그리고 나는 바로 무릎을 꿇고 빌었다.

"영주님 제발 원정대에 소인을 가입시켜 주십시오."

나는 살면서 그렇게 무릎을 꿇고 빌어본 적은 처음이었다. 영주님은 잠시 행정관과 얘기를 나누더니 말했다.

"우리가 너를 데리고 가서 좋은 점이 무엇이 있지?"

나는 나의 아내가 붙잡혀 있다며 사정사정을 하였다. 영주님은 참모와 얘기를 나누었다.

영주님이 속삭였다.

"우리의 원정대가 저놈을 같이 데리고 가면 무엇이 좋겠는 가?"

참모는 속삭였다.

"만일 저놈의 청을 들어준다면 국민들에게 주군이 좀 더 선군 이라는 것이 알려질 것입니다, 만일 저놈이 죽어도 시체를 버리 면 괜찮을 것입니다."

영주님은 나를 보면서 입을 열었다.

"알겠다. 내 너의 뜻을 보아 이번 출정에 같이 가도록 하마."

나는 감사하다고 소리치며 거의 울고 있었다.

"지금 당장 출정을 떠나라."

영주님이 명하였다.

그리하여서 우리는 출정하였다. 비록 산적 퇴치지만 그 산적들 은 산 속에서 먹고 살면서 꽤나 단련된 자들이다. 그러므로 꽤나 많은 수의 병사들이 길을 떠났다. 그렇게 열심히 걸어서 산이 희 미하게 보였다. 경비대장이 산을 손으로 가리키며 입을 열었다.

"저 산의 정상에 광산이 있소."

광산은 의외로 정상에 있었다. 나는 의아해 하며 물었다.

"왜 산의 정상에 광산을 지었습니까?"

경비대장은 말했다.

"왜냐하면 정상에 많은 양의 금광이 있기 때문이오. 비록 정상에 지어서 위험하지만 그 광산은 그 정도의 위험을 감수할 가치가 있소. 자네가 광부에게 가보았다면 이 이야기는 알고 있을 텐데?"

그 순간 나는 늙은 광부가 했던 얘기가 떠올랐다.

우리는 다시 길을 나섰다. 가다보니 커다란 연못이 하나가 있었다. 경비대장이 말을 시작했다.

"이 호수는 신의 눈물이라고 불리는 호수이오. 우리들은 이곳을 필히 건너야 하오. 하지만 이 호수가 얼마나 넓은지 짐작을 할

수가 없으니 답답할 따름이오."

나는 이곳의 지름을 구해야 된다고 직감이 왔다.

경비대장은 계획을 말했다.

"우리들은 밧줄을 가지고 저 건너편에 보이는 나무에 묶어서 그 밧줄을 잡고 건너갈 생각이오. 그리고 저 나무는 나의 아버지의 아버지의 아버지부터 자라왔소. 그래서 크기는 대략 600m쯤 될 것이오."

나는 일단 나무와 땅을 하여서 직각삼각형을 생각했다. 그리고 내가 보고 있는 곳에서 나무꼭대기까지의 각도는 45°가 된다. 그러므로 삼각비를 이용하면 될 것이다. 우선 삼각비를 이용하여 호수의 지름을 구하기 전에 삼각비가 무엇이었는지 정리를 해보았다.

삼각비는 $\angle C=90°$인 직각삼각형 ACB에서 $\angle A$, $\angle B$, $\angle C$의 대변을 각각 a, b, c라 하면 $sinA=\dfrac{높이}{빗변}=\dfrac{a}{c}$, $cosA=\dfrac{밑변}{빗변}=\dfrac{b}{c}$, $tanA=\dfrac{높이}{밑변}=\dfrac{a}{b}$ 이때, $sinA$, $cosA$, $tanA$를 $\angle A$의 삼각비라 한다.

또한 삼각비는 실생활의 여러 곳에서 쓰인다. 예를 들어서 동양에서 들여와서 열심히 계량시키는 대포라는 물건을 쓰는 데에 삼각비가 필요하고 저 높은 산이나 성의 높이를 잴 때 삼각비가 쓰인다. 그리고 뱃사람들이 항해를 할 때에도 삼각비를 이용하여

서 현재 배의 위치를 구할 수 있다. 다음은 들 중에 하나를 골라
야 된다. 나무를 높이로 한다면 지금 우리가 구하려고 하는 호수
의 지름은 밑변이 된다. 일단 $\sin=\dfrac{\text{높이}}{\text{빗변}}$, $\cos=\dfrac{\text{밑변}}{\text{빗변}}$, $\tan=\dfrac{\text{높이}}{\text{밑변}}$ 가 된다. 그러면 우리는 tan를 사용해야 된다. 여기서 잠
깐 특수 각에 대해 정리를 했었다.

특수 각이란 직각삼각형에서 예각 중 어느 하나의 크기가 30°,
45°, 60°일 때, 오른쪽 그림과 같은 삼각형의 변 사이의 관계에
서 삼각비의 값을 구할 수 있다.

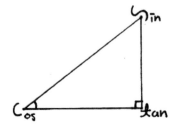

삼각비 \ A	30	45	60
sin A	$\dfrac{1}{2}$	$\dfrac{1}{\sqrt{2}}$	$\dfrac{\sqrt{3}}{2}$
cos A	$\dfrac{\sqrt{3}}{2}$	$\dfrac{1}{\sqrt{2}}$	$\dfrac{1}{2}$
tan A	$\dfrac{1}{\sqrt{3}}$	1	$\sqrt{3}$

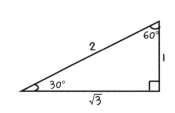

30° : 60° : 90° = 1 : $\sqrt{3}$: 2

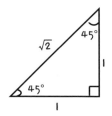

45° : 45° : 90° = 1 : 1 : $\sqrt{2}$

특수한 삼각형 삼각비

tan45°=1이므로, 식을 세워 풀어보면 $\frac{600}{x}=1$에서 $x=600$이 된다. 그렇게 수영을 잘하는 병사 3명 정도를 밧줄을 가지고 보내서 나무에 밧줄을 묶게 했다. 그렇게 우리 원정대는 다시 행군하기 시작했다. 걷고 걸어 어느덧 시간은 밤이 되었다. 우리 원정대는 텐트를 치고 하룻밤 묵기로 하였다. 나는 아내의 생각으로 점점 초조해져 갔고 아내가 해준 양배추스프도 먹고 싶어졌다. 그렇게 아내 생각만 하다가 밤이 지나갔다. 어느덧 동이 트기 시작하였고 원정대의 모두가 길을 떠날 채비를 하였다. 원정대는 다시 걷고 걸었다. 산에 드디어 도달했다.

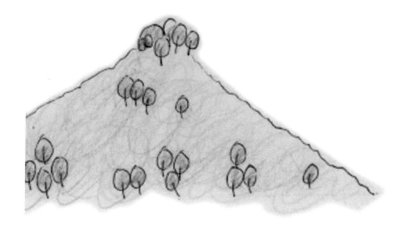

산적들이 있는 산의 정상은 꽤나 높아보였다. 경비대장은 입을 열었다.

"여기서부터는 산적들이 기습을 할 확률이 높소. 그러므로 최대한 신중하게 가야되오. 그런데 저 곳까지의 길이를 알 수가 없으니 전략을 짤 수가 없구려."

나는 정상까지의 길이를 구해야 된다. 일단 지도를 보니 저 산의 높이는 지도상 21km이다. 그리고 여기서부터의 경사면의 각도를 30°로 잡으면 sin을 이용해서 구할 수 있을 것이다. 산 정상까지의 거리를 x라 하면 산 정상까지의 거리는 $\sin 30° = \frac{21}{x}$ 식을 이용하여 구하면 될 것이다. $\sin 30° = \frac{1}{2}$ 이니 각각 적용을 하면 $\sin 30° = \frac{21}{x} = \frac{1}{2} = \frac{21}{42}$ 이 된다. 그러므로 우리가 현재 이곳에 있는 거리에서 산 정상까지의 거리는 42km가 된다. 우리의 원정대는 3km/h로 걸어가니 안 쉬고 간다면 14시간이 걸린다. 그렇지만 인간이 쉬지 않고 14시간을 간다는 것은 불가능한 일이다. 그러므로 우리 원정대는 체력을 비축하기 위해서 적어도 4시간마다 1시간 정도는 휴식을 취해야 하므로 총 걸리는 시간은 17시간이다. 일단 경비대장에게 찾아갔다.

"지금 시각이 오후 2시이므로 지금부터 저녁 10시까지는 산의 중턱에 갈 수가 있을 것이오."

그렇게 경비대장은 행군명령을 내렸다. 원정대는 오르고 쉬고

올라서 저녁 10시쯤에 중턱에 도달할 수가 있었다. 그렇게 중턱에서 텐트를 치고 휴식을 취했다. 나는 매우 긴장했다. 여기저기서 들리는 야생동물들의 울음소리, 언제 올지 모르는 산적들의 습격, 그리고 가끔씩 바스락거리는 풀잎의 소리 이 모든 것들은 나를 긴장시켰다. 이 상태라면 밤에 잠을 이루지 못할 것만 같았다. 하지만 정신적인 긴장보다 육체의 피로가 더 컸는지 이윽고 잠에 들었다. 어느덧 새벽이 되었고 일어나 다시 출정 준비를 하였다. 모두들 매우 부산해 보였다. 그리고 다시 출발하였다. 또 걷다보니 어느덧 광산에 도달을 하였다.

광산 근처에는 아무것도 없었고 고요함이 나를 더욱 더 긴장하게 만들었고 심장은 매우 빠르게 뛰었다. 그렇게 결전의 시간이 오고 원정대는 돌격 준비를 하였다. 나는 일반인이기에 밖에서 기다리기로 하고 원정대는 돌격하였고 이윽고 철끼리 부딪히는 소리와 활시위를 당기고 놓는 소리, 숨이 차는 소리, 고통에 가득 찬 소리가 들렸고 그 여러 가지 소리들은 점점 커지다가 점점 잠 잠해졌다. 산적들과 원정대의 시체들이 나뒹굴고 있었으며 피비린내가 진동을 하였다. 나는 최대한 이 잔인한 장면을 안 보기 위해서 노력하며 인질들이 있는 방으로 갔다. 그곳에는 남녀노소 할 것 없이 많은 사람들이 잡혀있었고 모두들 두려움에 찬 눈빛이 이었다. 그 중에 나의 아내가 보였고 나는 아내에게 달려가 아내를 풀어주고 경비대원들이 다른 사람들도 풀어주었다.

아내는 울면서 나에게 말했다.

"여보 제가 잘못했어요. 제가 그때 너무 멍청했어요."

아내는 닭똥 같은 눈물을 흘리며 나에게 안겼다. 나는 아내를 말없이 안아줬다. 나는 눈을 돌려서 다른 사람들도 보았다. 사람들 중에는 불구가 된 사람들도 있었고 눈이 실명이 된 사람도 있었고 겁에 질려서 말을 하지 않는 사람도 있었다. 그 사람들의 공통점이라면 자신들이 갇혀 있었던 곳을 재빨리 떠나고 싶어 하였다. 그렇게 갇혀 있던 사람들은 모두 풀려나서 다시 제각각 살던

마을로 돌아가기로 하였고 가는 길에는 원정대로 갔던 경비병들이 같이 동행하기로 하였다. 가는 와중에 나는 아내를 찾기 위해 일어난 모든 일들을 아내에게 들려주었고 아내와 나는 화해하였고 서로를 배려하면서 살아가기로 하였다. 일단은 로릭스테드에 하루 묵기로 하였고 로릭스테드의 여관에 들어섰고 여관 주인은 매우 놀라는 눈치였다. 여관 주인은 말했다.

"자네는 저번에 왔던 자 아닌가? 정말로 놀랍군, 자네가 해냈어."

나는 그냥 웃어넘기고 방 하나를 빌리고 하룻밤을 묵었다. 그렇게 우리부부는 많은 대화를 나누면서 집으로 돌아왔다. 그렇게 아내와 나는 좀 더 가까워졌다는 것을 느낄 수가 있었다. 집에는 사람의 손길이 꽤나 닿지 않았다는 것을 느낄 수가 있었다. 그렇게 우리는 집안 청소를 하고 다시 농작물을 재배하기 시작했다. 그렇게 모든 것은 제자리로 돌아왔었고 무더운 여름날은 점점 지나갔었다. 그리고 나는 다시 수학을 열심히 풀고 농사도 열심히 해서 먹고 살았다. 이렇게 나의 회상은 모든 것이 끝이 났다. 그날 이후로 나는 이러한 평범한 일상과 한가로운 나날들이 얼마나 소중한지를 알게 되었다. 봄날의 햇살이 매우 따뜻하였고 이대로 정말로 깊게 잠들 것 같다. 저 멀리서 늙은 아내가 나를 부르는 소리가 들린다. 하지만 나는 몹시 졸렸고 아내의 부름에는 대답을 못할 것 같았다. 어쩌면 다시는 깨어나지 않을 수도 있는 이 잠은 매우 길 것 같았다. 매우………

후기

삽화만 그리는 줄 알고 참가를 했었는데, 이렇게 책도 쓰게 됐네요. 처음에 책을 쓰려고 할 때는 쓰기 귀찮았고 아이디어도 없어서 기간 내에 잘 할 수 있을지 걱정했는데, 이승민이랑 같이 하다 보니 아이디어도 많이 나오고 이야기도 술술 잘 풀리고 기간 내에 겨우 다 해서 다행이네요. 저녁 7시까지 남아서 한 보람도 있고 시험 기간인데도 이거는 꼭 다 해야 하는 사명감에 손가락이 닳도록 썼네요. 오히려 제가 더 많은 지식을 배우고 간 것 같아서 좋아요. 언제 또 책을 써볼 기회가 생길까라고 생각하면 힘들었지만 책 쓰는 것도 좋은 경험이라 느껴지네요. 감사합니다.

　　-김예희

제가 서점에 책을 사러가면 수학이나 학교에서 배운 과목들을 접목시킨 소설 등을 가끔씩 보았습니다. 가끔씩 그런 책들을 읽어보면 보통 소설보다 더욱 빨리 지루해져서 '재미없다', '차라리 일반적인 소설을 쓰지'라고 말하며 책을 덮어버렸습니다. 하지만 이번 기회를 통해 쓴 수학소설은 오랜 시간, 노력 등이 필요했습니다. '어떻게 수학을 접목시킬까?', '이 부분은 어떻게 스토리로 만들까?'라고 많이 고민하며 썼습니다. 이런 고민을 통해 저는 작가님들도 이런 생각을 하면서 만들었을 거라고 생각하며 저 자신을 후회하였습니다. 이후로 제가 다시 서점에 가면 그런 소설들을 읽는 시각이 변할 것 같습니다.

　　-이승민

처음에 책을 쓸 때는 너무 어렵고 막막했다. 하지만 스토리를 계속 생각하고 수학을 스토리에 접목시키니 점점 책 쓰는 것이 쉬워지고 점점 재미있어졌다.

　　　-이현일

옛날에는 책에다가 수학을 넣는 것은 매우 어렵다고 생각을 했었는데 점점 쓰다가 보니 수학을 책에 넣는 것이 점점 쉬워졌고 수학에도 흥미가 생겼다. 만일 다음에도 책을 쓸 수가 있다면 한 번 더 써보고 싶다.

　　　-장제헌

처음 쓸 때는 내용을 어떻게 해야 할지 고민하느라 시간이 많이 걸렸다. 그래도 창작의 고통을 느껴보고 내 이름으로 책이 만들어지니까 기분이 좋았다.

　　　-신호준

나는 이 책을 쓰면서 참 많은 것을 느꼈다. 항상 책이 지루하다고만 느꼈지만 이 책을 써보니 책에 대해 긍정적으로 생각하게 되었다. 이제부터라도 독서를 많이 해야겠다고 느꼈다. 이런 체험으로 인해 나는 자기반성이 되는 시간이 되었던 것 같다. 선생님께 참 고맙다.

　　　-남종민